独占欲強めな警視正の溺愛包囲網

～契約婚ですが蕩けるほど甘やかされてます～

★

にしのムラサキ
Murasaki Nishino

NIGHT STAR BOOKS

イラスト／あしか望

プロローグ

月はいま、どのあたりにあるのだろう。

ステンドグラスの窓から夜空を見上げてみた。色付きのガラス越しでは当然だけれどよく見えない。諦めて視線を戻す。

とにかく、しんと静かな冬の夜だった。

木製のテーブルに突っ伏し規則的に上下する広い背中に、そっとブランケットをかける。

いまテーブルを枕に眠っている彼は、私が働く喫茶店の常連さん、黒川忠義（くろかわただよし）さんだ。年齢は春に二十七になる私より六、七歳くらい年上、三十代半ばいくかいかないかくらいだろう。

ただしものすごいイケメンなので、年齢よりもかなり若く見えている可能性もある。

「よっぽど疲れてるんだろうな」

ぽつりとした呟（つぶや）きが、静かな店内に落ちた。

他に誰もお客さんがいない閉店ぎりぎりにやってきて『今日は早く帰宅できたから』とナポリタンとサラダ、それにコーヒーのセットを注文した黒川さん。そんな彼が、食べ終わってすぐにウトウトとしだしたのは分かっていた。

ただまあ、なんていうか、本当に眠ってしまうなんて思ってもいなかったのだ。閉店準備で少し目を離した隙に、本格的に眠り込んでしまっていた。

チラッと聞いてはいたけれど、かなりの激務のようだった。――どんな仕事をしているのかは、知らないけれど。

起こすのも忍びないな、とブランケットをかけ、閉店準備をしつつ少し様子見をしてみた。――ところが全く起きてくれない。

「え、生きてる……？」

過労死、なんて言葉が脳裏をよぎる。

そんなことになったら、なんていうか寝覚めが悪いし、化けて出られても困る。

唐突に不安になって、呼吸を確かめようとそっと彼の顔の近くに耳を寄せたときだった――

「ッ、寝ていた！　すまない局長会議の資料！」

そう叫びばっと顔を上げた彼と、思い切り頭がぶつかる。

「～～～!!!」

床に座り込み悶絶（もんぜつ）する私を寝起きのためかぼんやりと見ていた黒川さんが、大慌てで助け起こそうと床に座るまで、約二秒。

「い、彩葉（いろは）さん！　すまない、寝ぼけていて！」

若手の頃の夢を見ていた、とまだ慌てているらしい黒川さんが口走る。いつも冷静な彼らしくはなかった。

「みたいですね……」

黒川さんに支えられつつ起き上がる。ついでに床に落ちたブランケットを拾うと、黒川さんは「あ」と目を丸くした。

「かけてくれていたのか。ありがとう」

「いえ、あまりにぐっすりだったので、起こすのも忍びなくて」

「いや、悪い」

そう言って黒川さんは私の頭をそうっと撫(な)でた。

「痛くないか」

「大丈夫ですよ」

本当はちょっと痛いけれど。

苦笑すると黒川さんもわずかに頬を緩めて頭を下げてくれた。

「長居してすまなかった」

お会計しながら言う黒川さんの強面(こわもて)気味な整ったかんばせに浮かぶのは、少しだけ親しい喫茶店の店員に対する笑顔。

「いえいえ、お得意様ですから——ああでも、少し健康には気をつけた方がいいかもですよ」

私もきっと、少しだけ親しいお客さんに対する微笑(ほほえ)みだけが浮かんでいる。

——お互い、そんな感情しかなかった。

「ありがとう」

コートを羽織った黒川さんが、そう口にしながらステンドグラスがはまったレトロな木製のドアを開く。かろん、かろん、とドアベルが鳴る。

「ありがとうございました」

「ではまた、明日」

彼はまた明日、朝食を食べにここに来る。それが彼の日課だからだ。

別段それを楽しみにしているわけじゃない。来なかったからといって、気になることもない。

彼はお客さんで、それ以上でもそれ以下でもないから——


なのにいま、どうして私は彼に喘がされているのだろう?


「……ッ、ぅ、あっ、ちょっと、はぁっ、待って忠義さんっ」

待って、と言っているくせにありえないほど甘えた声が自分から零れている。それが信じられないし、現実だともうまく捉えられていない。

甘く長い夢を見ているような、そんな——

「君は口では待てと言うくせに、身体は全力で誘ってきていて信用できない」

余裕たっぷりでからかいの色が混じった、それでも快楽が滲んだ低い声が鼓膜を揺らす。眼前には煌びやかな夜景が広がっていた。

私は天井まであるはめ殺しのガラス窓に手をついて、たっぷりとした白いレースのスカートを腰までたくしあげられて、背後から熱い屹立に貫かれていた。

暗いガラス窓に映るのは、乱れた純白のウエディングドレスを着てあさましく淫らな顔で喘ぐ私自身、だ。

そんな私の腰を掴み、屹立を私のナカにねじ込んで激しく抽送し続けているのは、黒川忠義さん
——お客さんでしかなかったはずの、お互い恋愛感情なんか持ち合わせていないはずの、なのに今日、私の夫になった男性。彼もまた、白いタキシードを着ている。

ズルズルと硬い熱が私の肉襞を擦る。そのたびに生まれる淫らで甘い快楽が、お腹の奥でぐちゅぐちゅと暴れる。

「はぁ、あっ、あっ、ああっ」

忠義さんの手が、私のお腹をさする。そうしてお臍の下に触れてくっと低く笑った。

「君の腹は薄いから、外からでも俺のが入っているのが分かるよな」

「え？　ぁ、……ぁっ」

思わず背中を反らせてしまう。耳元で大ぶりのイヤリングがしゃらりと音を立てた。

彼の大きな手が、私の下腹部を撫でる——お腹越しに彼は自らの屹立に触れていた
「待っ……それ、イく、だめ、イっ……」

そのまま子宮のあるあたりを柔らかく撫でられ、屹立で最奥をぐりぐりと突き上げられると、半分理性を飛ばした私は、発情した猫のような声を上げてイってしまう。

肺から震える息を吐き出す。ナカがびくびくと痙攣し、彼の屹立を咥え込んで吸い付いている。

自分からどっと汗が噴き出したのが分かった。

膝が笑い、力が抜ける。そんな私を背後から支えた忠義さんが私のうなじに唇を押し当て、密やかに笑う。

「かわいい、彩葉」

ゾクゾクと背中に甘い何かが走った。心臓がわななき、得体の知れない感情がとろりと生まれて琥珀色に輝く。

この感情の名前を、私はまだ知らない。

分かるのはただ、……彼がまだ、私を貪り足りていないという事実だけ。

忠義さんが後ろから私の左手を掴む。指を絡ませて強く握られた――お揃いの結婚指輪がかちりと当たる。

それから忠義さんは軽々と私を抱き上げ、クイーンサイズのベッドに運んだ。彼の大きな手が、汗で濡れた前髪をかき上げてくれる。

彼の熱い視線に瞳が固定されたかのように動かせない。忠義さんの喉仏が、微かに上下した。ふう、と吐き出す彼の息があまりにも艶めかしい。

「彩葉」

私の名前を掠れた声で呼んで、彼は私の膝をそっと撫でた。するりと指を滑らせて、私の太ももを掴み広げる。ほとんど同時に、自らの太く昂った熱を再び埋めてきた。

「あ、……あっ」

顎を上げる私にのしかかり、私の両手首を掴んで彼はゆっくりと抽送を再開する。きっちりと身体が固定されて、身動きが取れない。

ぐうっ、と最奥を彼の屹立が抉る。

ゆっくりとした動きなのに、深く、強く、貪るような律動――……

「ん、くっ、はぁ……っ」

頭を反らせ、必死で快楽から逃れようともがく。けれどしっかりと固定された身体では、逃しようもなくて。

じゅくじゅくと自分の最奥が潤む。

私のナカで、彼が動いている。

そう思うと、もうダメだった。

「イ、くっ……来ちゃう、っ、忠義さん」

「ん」

優しく、余裕っぽく、彼は目を細める。

きゅんきゅんと彼を締め付け、私はイってしまう。

「ん――っ、……――っ」

なのに、子宮を突き上げるゆっくりとした、しかし確かな動きは私が達してナカが余韻に痙攣し続けているにも関わらず、止まることがない。

淫らな水音をまとい、彼は動き続ける。

ふと浅いところを抉られ、私は足を跳ねさせた。

「も、イってる……っ、忠義さんっ、ずっと、イって……る、からあっ」

イってるのに、イかされ続けて。

無理やりに快楽を与えられ、私の目から涙がぼろぼろと零れ落ちた。

気持ちよすぎて、死ぬ。

だからやめて。

そう言いたいのに、全く言葉にならない。ただ喘ぎ、彼の名前を何度も呼んだ。

「忠義さん、忠義さんっ……」

「彩葉」

甘ったるい彼の声音。

彼にも私にも、ふたりの間に甘い感情なんかこれっぽっちもないはずなのに、信じられないほどぴったりにお互いの身体は蕩け、愛し合っているみたいに快楽を共有する。

淫らな水音が止まらない。

深すぎるゆっくりとした抽送が、いや応なしに彼の大きさや形、動きを私に教え込んでくる。膨らんだ彼の先端が肉襞を擦るたびに生まれるのは、切なすぎる快楽。

じゅくじゅくに潤み蕩けた粘膜が、悦んで収縮する。

ナカへ、奥へ、と彼を強請って止まらない。

「あ、あっ、忠義さ、んっ……」

半泣きで喘ぐ私の唇を、彼がキスで塞ぐ。ぬるりと入ってくる彼の少し分厚い舌――と、それに慣れてきた私。

お互いの舌が別の生き物のように絡む。どちらのものとも知れない、いやふたりのものが混じり合った唾液をこくっと飲み込むと、彼は満足そうに唇を離した。

その間も抽送は止まることなく、ゆっくり、けれど確実に私を昂らせていく。

「っ、も、う……イっ、ちゃう」

お互いの下生えがぐちゅぐちゅと水音をまとい、擦れ合う。お腹の奥が熱い。

「来ちゃう、忠義さんっ……」

勝手に腰が上がる。忠義さんが喉奥で低く笑う。くっきりとした喉仏が印影を作り、ぽたりと汗が落ちてきた。

俺も、と彼は掠れた声で言って、すぐに動きが激しくなる。

奥に突き立てられるたびにあさましく感じた嬌声が上がり、咥え込んだ彼のものがいっそう硬く大きくなるのを感じた。

彼もイきそうなのだと分かった瞬間、最奥を激しく抉られて私は大きく足を跳ねさせる。

「ん、ん――……ッ！」

イく、と言葉にすらできなかった。

ナカがひどくうねっている。そのうねる肉襞を彼の屹立が擦り最奥をぐりぐりと突き刺す。

「は、ぁ、あっ」

視界がチカチカした。

イってる。イってるのに、また、イく。

うまく息すらできない私の最奥で、彼が欲を薄い被膜に吐き出しているのが分かる。

「だ、め」

「あー……やばいな、気持ちいい」

はあっ、と彼は汗に濡れた前髪をかき上げながら呟いた。

私は全身から力を抜き、シーツに身体を預けてぼんやりと彼のやけに艶めかしいその仕草を見つめる。もう疲れ果てていて、何かを言葉にできる余裕すらなかった。

微かに身じろぎすると、たっぷりとした豪奢(ごうしゃ)な白いドレスのレースが音を立てる。

私の視線に気がついた忠義さんは私にキスしてから離れ、白濁を内包したコンドームをティッシュに包んで捨てた。そうしてようやく、着たままだった真っ白なジャケットを脱ぐ。

よくもまあ、好きでもない女相手に服を脱ぐことすら忘れてこんなことができるものだ、と思う。

彼は光沢のある白いネクタイをするりと外してベッドの下に投げ捨てると、私の顔の横に両手をついてまじまじと私を見下ろした。

そうして強面を緩め、口元を綻(ほころ)ばせる。

「なんだか悪いことをしている気分だ。こんな格好の妻をめちゃくちゃにしてしまって」

「……分かってるなら、少しは手加減してください、このドS警視正」

彼は軽く目を瞠(みは)って、それから肩を揺らした。

「声がずいぶん掠れているな。啼かせすぎたか」

彼は余裕っぽく笑う。

というか実際、余裕なのだろう。つい最近――忠義さんと初めて寝るまで経験のなかった私とは違う。

好きでもない女を情熱たっぷりに抱くことくらい朝飯前なのだ、この男は。

腹立たしくなって軽く睨むと、何が面白いのか彼はやっぱり余裕綽々な表情で私にキスを落としてくる。

「どうした？　何をかわいい顔で怒っているんだろうか、俺の奥さんは」

「なんでもありませんよ」

軽く舌を出すと、その舌さえ彼は甘く噛んで楽しげに肩を揺らす。

ああもう、ほんとに、遊ばれているなあ！

「ところで、ドレスは脱ぐよな？　手伝う」

鼻の頭をちょこんと触れ合わせ、本当に至近距離で彼は言う。私は少しばかり嫌な予感を覚えつつ頷いた。

「……お願いします」

どっちにしろ、ひとりでこんなドレスは脱げない。しぶしぶ上半身を起こすと、ふらりと傾いで彼に身体を預ける形になってしまった。

「積極的だな」

「ち、違……ぁんっ」

首筋に彼が甘く噛み付く。食(は)まれたまま舌でべろりと舐(な)め上げられて、私は彼のシャツを掴んで首を振る。

「脱ぐ、のっ」

「またそんないやらしいことを」

「あ、揚げ足とらないで、忠義さんっ！　ひゃっ」

大きく開いた肩口をまたかぷりと噛まれ、鎖骨を舐めたかと思えばまた噛まれ、私は力の入らない身体でイヤイヤと首を振る。

そのうちに、……耳殻や鎖骨の間のくぼみや、さらには耳の穴の中までも舌や歯で味わわれているうちに、ふっと腰のあたりが楽になる。締め付けていた背中のリボンが緩んだのだった。

「ん……」

ふっと呼吸が楽になる。そのままするすると、今度はブライダルインナーまでも脱がされ、ベッドに横たえられた。

「ウエディングドレスも、カラードレスも、前撮りの色打ち掛けも全部似合っていたけれど、君はそのままの姿がいちばんエロいな」

ぎらぎらと情欲を激(たぎ)らせた瞳で彼は言う。

「もう寝ましょうよう……」

「初夜だぞ？　もう少し付き合ってくれ」

自らもまとっていた服を脱ぎ捨てた彼の屹立は、またも昂って先端からとろりと露を垂らしている。

どうして私なんかにそんなに欲情できるのか分からない。

「……それとも、単純に性欲が強い人なだけ……？」

ひとりごとのつもりが、声が大きかったらしい。ばっちり聞こえていた忠義さんがふっと笑って彼は私のおでこを軽く撫でるように叩く。

痛くもない、ただ触れられるだけのようなそれがやけに甘ったるく感じ、私はそっと彼を見つめた。

忠義さんは私の頬を親指の腹でくすぐり、そうして顔中にキスを落としてくる。

まるで大切な人にするかのようなその仕草が、やけに胸をざわつかせた。

「どうして、そんなに優しいの」

私の問いに彼は答えない。ただ苦笑し肩をすくめるだけ。だから、分からない。

ただひとつだけ、分かることがある。

私と彼は、相思相愛ではない。

それだけは確か。

【一章】

神戸でいちばんの繁華街、三ノ宮駅界隈から徒歩約十五分。明治から大正にかけて建てられた洋風建築物が数多く残るこのあたり一帯は、正式名称「神戸市北野町山本通重要伝統的建造物群保存地区」――いわゆる「異人館」が立ち並ぶレトロなエリアだ。

そんなひっきりなしに観光客が行き来する大通りから一本道を逸れると、古い和風の家が立ち並ぶ、高級と名はつくものの普通の住宅街にがらりと様相を変える。

そのうちの一軒が、私が働く喫茶店「ソナタ」だ。

カフェではなくてあくまでも喫茶店なソナタは、蔦の這うレトロな外観のこぢんまりとした店舗兼住宅。名前にそぐわずジャズばかり流しているそのお店の二階には伯父が住んでいて、私はそこに間借りしつつ働いている形になる。

かろん、と軽やかにドアベルが鳴り、ステンドグラスがはめられた木製のドアが開く。早朝の爽やかな初夏の風がさらりと入ってきた。

「おはようございます、黒川さん」

私はコーヒー豆を挽きながらそう言って、ドアの方へ向かって微笑んだ。

まだ午前七時すぎ。こんな時間からやってくるのはひとりしかいない――

私の声に会釈しつつカウンターに座ったのは、常連の男性、黒川忠義さん。歳の頃は三十半ばくらい、強面気味で硬派そうな整った眉目は放っておいても女性が寄ってきそうだけれど、その薬指に指輪はない。

ただ、強面な割に打ち解けるとよく笑顔を浮かべるようになる。そうされると彼に恋愛感情なんかないはずの私ですら妙にドキリとしてしまうことを鑑みるに、おそらく彼はかなりのタラシだ。それも、無自覚な。

相当な数の女性を泣かせてきているに違いない。

五月ももう半ばとあって、多少暑かったのか黒川さんはいつもきっちり着込んでいるスーツのジャケットを片手に提げていた。ベストと白いシャツだけだと、鍛えられた身体がはっきりと分かって少し驚いた。

普通のサラリーマンとかじゃないのかな、なんて感想を抱きつつ豆を挽き終わる。そういえばずいぶん背も高い。

「おはよう黒川くん、今日も早いね」

この店の持ち主である伯父が新聞から顔を上げ、声をかける。彼は狭い店内に唯一あるテーブル席を占領して、のんびりと朝食を摂っていた。このあと続々とやってくる常連のおじいちゃんたちと、このままお喋りタイムに入るのだ。

「おはようございます、笹部さん」

そう伯父さんに返事をした黒川さんは、毎日朝食をとりに「ソナタ」へやってくる。どうやら近所に住んでいるらしい。

メニューはいつも同じで、ブラックコーヒーとサンドイッチのセット。サンドイッチの具材は日替わりだ。具材が卵だと一瞬その強面に嬉しそうな色が浮かぶのが、大型犬みたいでほんのちょっとかわいい。

うちのコーヒーは布のフィルターを使うネルドリップ方式。豆はネルドリップに合う中挽きで、ゆっくりと丁寧に淹れる。粉は攪拌しないようにするのと、雑味を防止するためにお湯が落ちきる前にドリッパーを外してしまうのがコツだ。この淹れ方をすると、ほんのりと豆本来の甘味を感じることができる。

黒川さんがカップに口をつけ、「うん」って顔をすると私はようやく一日が始まった気分になる。今日のコーヒーも黒川さんのお気に召したようで、ちょっとした満足感を覚えながらサンドイッチのお皿をカウンターテーブルに置く……と、ばちりと目が合った。

「あの？」

「彩葉さん、顔色が悪いな」

伯父と名字が同じなので、黒川さんだけでなく常連さんはみな、私を下の名前で呼ぶ。けれど、黒川さんから名前を呼ばれるなんて滅多にない。そもそも、そう口数が多い人でもないのだ。

なのに彼はやたらと目ざとく、私が体調が悪かったりするのを言い当てる。

……そう、まるで普段からよく観察しているかのように。

「ああ、寝不足なんだよ彩葉は。僕が店を閉めるって言い出したから身の振り方に悩んでるの」

「……閉める?」

黒川さんは目を丸くして、カップをソーサーに置く。それから椅子ごと振り向いて、伯父さんに声をかけた。

「やめるってことですか」

「そうそう。僕もねもう六十五だからね、死ぬ前にやりたいことやっておこうって」

「徳川埋蔵金探すって言うんですよ、伯父は」

私はため息をつきながら、じきにやってくる常連のおじいちゃんたちのために豆を挽き始めた。ゴリゴリと豆が砕ける音がし始めると、ふんわりとコーヒーの香りが濃くなる。

「この店売ってね、借金返して。まあのんびりソロキャンプしながら山でも掘ろうかなと」

飄々と言いのける伯父を、私はふんすと鼻息荒く睨みつける。

まったく、どこまで本気なのだか。

「徳川埋蔵金なんかありません。ていうか、伯父さんはどんぶり勘定すぎるの。その上に詐欺にも引っかかって……」

伯父は数年前、仮想通貨詐欺に引っかかったのだ。大小含めると借金のほとんどは詐欺のせいと言ってもいいくらいだ。

「それでもこの店を売ったら、取り壊し代なんか引いたって何百万か黒字になるからね。それで山を買って埋蔵金を」

「だから、ないって」

「これは男のロマンなんだよ、彩葉」

心外そうに言って、伯父は新聞をテーブルに置く。

「それにそもそも、借金の返済期限も迫ってるからね。五百万、きっちり耳揃えて返さないと僕は大阪湾に浮かぶことに……」

「いくらなんでも銀行の人はそんなことしません」

ケトルに水を入れつつ唇を尖らせた。

「そもそも、もっと早く言ってくれていたら。そうしたら借金だってどうにかできたのに」

「まあまあ。彩葉だって、こんな古い店のために貴重な若い時間とお金を使うことないって」

「私は！　このお店が！　好きなの！」

「子供の頃からずっと入り浸ってたもんねえ」

「……あの、いつ頃閉めるのですか」

黒川さんがやや気落ちした表情で私たちに声をかける。

「半年くらいかな」

「半年……」

黒川さんは渋い顔をしてコーヒーを口に運び、再び黙り込んだ。それを横目に、私は会話を続ける。

「ねえ伯父さん、私が半年で五百万どうにかしたら、このお店、続けさせてもらえないかな」

「えーっ、徳川埋蔵金は」

「だからね、あったらとっくの昔に見つかってるから」

「そうかなあ……」

伯父さんはブツブツ言いながら新聞に目を落とす。それから「うん」と呟いた。

「彩葉がどうしてもって言うなら、そうしてもいい」

「いいの？」

「でもな～、夜の街で働くのは伯父としては賛成できないな」

思わず吹き出しそうになる。

「あのねえ。かわいくもない上に、気が強いばかりで愛想もない、思ったことは全部口に出る。こんな性格じゃ水商売なんか勤まらないよ！　他に何か考える」

「そう？　ま、無理せず。彩葉、いろんなことあったんだから。もう外で働けるの？」

「それを言われると」

眉を寄せてこめかみを揉む。

二年前、前職で強烈なパワハラを受けた私は、対人恐怖症のようになっていた時期がある。伯父はそのことを言っているのだ。

ちなみに、私がここで働けているのはお客さんのほとんどが顔見知りの常連だから。観光客のみなさんは、雑誌やネットで紹介される「映え」なカフェへ行くから、こんな小さな喫茶店に来ることはあまりない。

退職後、貯金を食いつぶしながら一年ほど引きこもり、いい加減社会復帰しなくてはと伯父に相談したところ、ここで働かせてもらえることになって約半年……といったところだった。

「とはいえね、いつまでも引きずるのも」

「いいんじゃないの、のんびりで。久美子ちゃんところも歓迎だって言ってくれてるんだから」

久美子、とは伯父の元奥さんで、京都で古民家カフェをしている女性だ。京都といっても大原という左京区の山奥で、市街地に比べれば観光客も段違いに少ない。

そこならばトラウマ持ちの私でも働けるだろう、と算段してくれたのはありがたいけれど……

「でも、神戸を離れるのも、このお店なくなっちゃうのも寂しいよ」

私と伯父のあまり生産的でない会話をコーヒーを飲みつつ聞いていた黒川さんが「彩菓さん」と私に声をかける。

「神戸を離れる、ってどこに」

「ああ、京都の……」

久美子さんのことを説明すると、しばらく考え込んだあと黒川さんは口を開く。

「俺は、君が淹れるコーヒーが好きなんだ。遠くへ行かれるのは困る。この店が存続するよう、できる限りのことは手伝いたいんだが……どうだろう」

「え？　あはは、大丈夫ですよ、お客さんにそんなご迷惑は」

当然だけれど遠慮して首を横に振ると、黒川さんは微かに眉を上げた。なんだかショックを受けているような顔をしているのはどうしてだろう。

「けれど、この店がなくなったら……俺はどこでコーヒーを飲めばいいんだ」

「あは、少し丁寧に淹れたら同じ味になりますよ」

「その『少し丁寧に』というのがすごいんだ。いつも見ているけれど、素人にはとても真似できない」

「大げさです」

苦笑して目線を逸らす。そんなに真っ直ぐに褒められたのは初めてかもしれない……

ちょっと照れている私と、いつもどおりの強面なのにややシュンとして見える黒川さんに、伯父さんがニヤニヤしながら声をかけた。

「なら黒川くん、彩葉を嫁にもらったら？　そうしたらコーヒー飲み放題だし。結婚願望なんかそもそもない子だから、ヤキモチなんかも妬かなくて気楽でいいよ。あ、そうだ結納金五百万にしてお店の借金も返してくれたら万々歳」

それはきっと、タチの悪い冗談だった。私が眉を吊り上げて「伯父さん！」と怒鳴る前に黒川さんがあっさりと頷かなければ。

「ああ、それはいい考えですね」

「……へ？」

私はかなり間抜け面を晒していたと思う。けれど黒川さんは淡々と「それがいい。それが」とひとりで納得していた。

「え。ほんとに？　ほんとに黒川くん彩葉を嫁にしちゃうの」

「彩葉さんさえよければ」

「へええ！　よかったね彩葉、黒川くん長身イケメンだし。ちょっと顔怖いけど」

「いや、よくないです」

　私は軽く引きながらふたりの顔を交互に見る。

「何言ってるんですか、ふたりとも。アホか」

　中学二年生まで東京育ちゆえにいまだに関西弁に染まっていなかった私なのに、つい「アホか」なんて突っ込んでしまった。

　いや、本当にこの人たち何を寝言を吐かしているのだか！

「いやそれが、渡りに船というか」

　黒川さんはプロポーズしたとは思えない恬淡とした顔のまま口を開いた。はあ、と半端な反応を返した私に彼は続ける。

「実は上司から見合い攻撃に遭っていて」

「黒川くん、お巡りさんだもんね。三十路超えたらそういうのたくさんありそう。三十五だっけ」

「警察官だったんですか、黒川さん」

　まあ、と曖昧に頷いた彼は、さらに続ける。

「プロポーズしておいて説明しないのもなんだから言うけれど、実は両親は離婚していて……俺が高校生のときに散々泥沼になった挙げ句に母親が出て行ったんだ」

「お母さんが？　なんで」

他人のプライバシーに踏み込むのに全く躊躇がない伯父の言葉に、思わず目を剥いて「こら！」とたしなめる。

「伯父さん！」

「いや、構わない——まあその、よくあるやつだ。仕事で家庭を顧みない父親と、愛想をつかした母親と。そのせいで俺自身結婚願望がなかったんだ。結婚なんか面倒くさいし、ああなるのは御免蒙ると」

「あっうちもそう、そう。奥さんふたりも出てっちゃった。幸いというか、子供はいないけれど」

嬉しげに伯父さんが同意を示した。私は呆れて眉を吊り上げる。

「伯父さんは放蕩しすぎたんでしょう！」

ぴしゃりと言うけれど、バツ２の伯父さんは少しもこたえてない顔でヘラヘラしていた。まったく、もう……。

「それでまあ、見合いを断り続けてきたんだが……しまいには呼び出されて説教だ。身上管理上問題があるとかで……さすがにどうしたものかと考えていたところなんだ」

「はあ……」

私は眉尻を下げてため息みたいに返事をした。

身上管理とは、要はいつまでも独身だと何か私生活に問題がある、とみなされてしまうということだろう。お堅い職業だし、しかたない部分もあるのかもしれないけれど……

「してくれないか、結婚。君の人生をもらうのだから、五百万返せなんてケチくさいことは言わないし」

「あの、お断りさせていただいて……」

止直、五百万肩代わりしてくれるというのは心惹かれる。けれど到底受け入れ難い。ていうかこの条件、呑む人いるの？

「怪しすぎます」

「社会的信用はある職業だと思っているが」

「嘘かも。詐欺かも。なんで一介の公務員が五百万ポンと出せるんですか怪しい」

じとりと彼を半目で軽く睨む。

ふむ、と黒川さんは腕を組んで首を傾げた。

「そのあたりの証明はいずれするとして……どうしてもダメか？　俺は転勤があるから、来年の春か秋には東京に戻る。君はここで喫茶店を続けたらいい。それまでに俺にコーヒーの淹れ方を教えてくれると嬉しい」

「いやそういう問題じゃないので」

君ほど上手には淹れられないだろうけれど、と黒川さんは言う。

「なら何が不満だ？」

「何がもクソもないでしょうに……お客さんにこんなこと言うの失礼かもですけど、よく知りもしない人と結婚なんかできません」

「ならデートしよう」

さらりと黒川さんは言う。

「よく知った人とならいいんだろう？　知ってくれ」

「しません」

私はぴしゃりと返答しつつ、棚からカップを取り出した。そろそろ常連のおじいちゃんたちがやってくる時間帯だ。

「だめなの？　彩葉」

伯父さんまで変な口を挟んでくる。どうしてか不満そうだ。

「だめ。年上すぎるし」

「黒川くんと彩葉は七つ違いかな？　まあ少し離れてるけど、離れすぎってほどでもないよ」

まったく、面白がっちゃって！

私はふんっと鼻息荒く目を細めた。

「伯父さんがなんと言おうと、だめです！」

口ではそう言いつつも、本当はちょっと……本当にちょこっとだけ、惹かれてもいる。

半年で五百万なんて、今のままだと到底達成できない額だったからだ。そうして私は、かつてのパワハラが原因でまだ他の場所で働けそうにない……

「ああ、どうしたものかなあ」

はあ、とケトルでお湯を沸かしながらため息をひとつ。

やがて黒川さんは出勤のために席を立ち、入れ替わりにおじいちゃんたちがわらわらと狭い店内に入ってくる。

「では。ごちそうさまでした」

「はーい。いってらっしゃい」

いつもどおりに見送ると、黒川さんが少し眩しそうな顔をして私を見ていた。

「……なんです？」

「いや」

そう言って彼は強面を緩める。

「さっき君は自分のことを『かわいくない』なんて言っていたけれど――そんなことはないと思うぞ？」

思わずポカンと口を開いた。それから腰に手を当てて眉間を寄せる。

「……変なこと言ってないで、遅刻しますよ。オマワリサン」

「そうだな。いってきます」

黒川さんは今度こそお店を出て行く。かろん、という優しいドアベルの音だけが耳に残った。

そんなことがあってから、十日。

「……やりすぎ」

「そうか？」

私は黒川さんが押し付けてくるどでかい真っ赤な薔薇(ばら)の花束を前にこめかみを揉んだ。お店だって定休日だっていうのになんなの、この人は。

「なんですかこれ」

「プロポーズだけれど」

「いやまあ、ド定番中のド定番ではありますが」

「尊敬する野球選手が奥様へのプロポーズの際に百八本の薔薇(ばら)の花束を贈ったらしくてな」

飄々と言いのける彼からプロポーズをされるのももう十回目……まさか毎日顔を出しにきてはプロポーズしてくるなんて想定外だった。

「それにしてもまあ、なんてベタな……十人中八人くらいはこのプロポーズしてそう」

「そうか？　ところで、これはなんで百八なんだ。煩悩(ぼんのう)か？」

プロポーズしている最中とは思えない飄々とした雰囲気(ふんいき)で彼は言う。

「知りませんよ……ていうか煩悩の数でプロポーズって変でしょう」

確か「永遠の愛」だとかそんな意味だったかな、と首を傾げつつ続けた。

「ていうか黒川さん、野球好きなんですね」

「大学までしていた。君は好きか？」

「いえサッカー派です」

「そうか。俺も観戦は好きだ。一緒に観に行かないか」

「行きません」

はあ、と引きそうにない彼から花束を受け取る。花に罪はない。お店に飾ろう。

「大きな花瓶、どこやったたっけなあ」

私が受け取ったのに満足したのか、彼はいつものカウンター席に座る。私はとりあえずテーブルに花束を置き、コーヒーをカップに注ぎながら聞いた。

「あ、悪い……そんなつもりでは」

「いいんです、どうせ休みもここでボーっとしてるんですよ」

黒川さんだって、伯父さんからそれを聞いていたからお店まで来たのだろう。

「コーヒーを飲んで？」

そうです、と淡々と答えながら自分の分も注ぐ。

「黒川さんもお休みですか」

私服の黒川さんはああ、と頷く。シンプルなカットソーとジーンズ。ものすごくラフだ。ラフなのに似合ってる。

まあ私も似たような服装だ。休みだからではなくて、たいていいつも。

「代休なんだ。結婚しろと口うるさい上司からも解放されてる」

「はあ。そんなにウザいんですか、上司からのお見合い攻撃」

「上司に食事に誘われて行ってみれば知らない女性といきなりふたりきりにさせられるんだぞ？」

「いいじゃないですか」

「俺は苦手なんだ」

　ぱちりと目を瞬(まばた)く。

「苦手なんですか？　てっきり、堅物で真面目(まじめ)そうな外見にそぐわず、その……遊んでるのかと」

「遊んでる？　どうしてそんなふうに」

「だってものすごく手慣れた感じでデートも誘ってくるし」

　どうぞ、と彼の前にコーヒーを置く。いつもどおり美味しそうに彼はそれを口に運んでから、ゆっくりと首を振った。

「まさか。自分から女性をデートに誘うなんて生まれて初めてだ」

「つまり誘われる側だったと？」

「まあ、有(あ)り体(てい)に言えば」

「それはそれでムカつきます」

「真剣なんだ」

「お見合い回避にね」

　薔薇の花束をやっと見つけた花瓶に飾りながら言うと、黒川さんは苦笑した。

「まだダメか」

「まだ、ってなんですか。ずっとダメです」

　黒川さんは全くめげていない顔で私を見つめて口を開いた。

「そこまで言うんだから、五百万の目処(めど)はついているんだよな？」

　ぐっと言葉に詰まる。確かにそれはまだ、なのだけれど……！

「そ、それでもこんな形で結婚は嫌です」

「したい形の結婚があるのか？」

私ははあ、とため息をついて花束を整えた。いい香りが鼻腔を満たす。

「ないです。言葉のあやです。結婚自体に興味がありません」

恋愛にも、だけれど。

過去に恋人がいなかったでもないけれど、結論は『これって恋愛じゃなかったよね？』だった。

親しみを勘違いしていただけ。

ちゃんとした初恋もまだだし、というか、今さら誰かに恋できるとも思わない。

「こう、のーんびり喫茶店の店員さんで生きていけたらいちばん幸せかなあって」

ふむ、と黒川さんは目を細めた。

「結婚への忌避感の理由を聞いても構わないか？」

「あー……結婚への、ね」

私は黒川さんとふたりきりの店内を見回す。レトロなステンドグラスから降り注ぐ初夏の昼の陽射しが、きらきらと花瓶をカラフルに彩った。

「うちの実家はですね、食器が全部百円均一のものなんです。どうせ割れるから」

黒川さんの横に腰をかけながらそう言うと、彼はキョトンと目を丸くする。

「まあ、合理的ではあるな？」

「誤解がありますね。全部母が割るから、です」

さすがに黒川さんは黙って、軽く唇を引き締める。「それは」と何か言いたげな彼を制し、苦笑してみせる。

「大丈夫です。あの、出身は東京の北区なんですけどね、私。中学までは、両親が喧嘩を始めたらトイレに立てこもってたんです」

黒川さんは黙って私を見ている。コーヒーの香りだけがあたりに漂う。

私はそうっと息を吐き出した。

「中二のときに父親の転勤で、この近くに引っ越してきました。それからは避難先はここ。このお店で、伯父さんが淹れてくれたカフェオレ飲みながらお父さんが迎えにきてくれるのを待つんです」

ぼうっとステンドグラスを眺めていた、少女だった私。色とりどりのガラスは、陽の光を柔らかに蕩けさせ柔らかくあたりを照らす。落ちてくるカラフルな影。コーヒーの香りの中、ただそれを眺めていた。それしかできなかったから。

真剣な顔をしている黒川さんに私は笑って口を開く。

「怖いのはここから。いいですか、両親はね、ラブラブなんです」

「……ん？」

「お父さんと家に帰ると、お母さんはニコニコしながら粉々に割れた食器を片付けているの。お父さんも晩御飯お外に行こうかあ、散らかっちゃったなあ、なんて呑気に笑って……あの、お母さんが病気なわけじゃないみたいなんです」

一息ついて、コーヒーで唇を湿らせてから続けた。

「実際、お父さんが仕事で海外に単身赴任して、お母さんとふたりで暮らしていたとき、お母さんは私に激昂することすらなかったんです。穏やかな普通のお母さん。むしろ思春期の私にすらめちゃくちゃ優しくて甘い人――だったのに、お父さんと揃うとダメ」

はあ、と息を吐いた。

もう大丈夫だろう、とお小遣いで買ったお気に入りのマグカップ。お父さんが帰国してわずか二週間で、壁にぶつかって粉々に砕け散っていた。

「お父さんとお母さん、熱愛の末に結婚して、今でも……あ、ふたりはもう東京に戻ってるんですけど、信じられないくらい愛し合ってて好き好き同士で、なのにダメ。ダメなんです。お互いダメにしちゃうの。ちょっとしたことでお母さんは嫉妬してパニックになるし、お父さんはそれがどうやら嬉しいらしくて……『お母さんのかわいいヤキモチ』だと言っていました」

顔を上げて肩をすくめた。

「分かってますよ？　そんなのはきっとウチだけ。でもほら、身近で見てきたケースがそれだから、結婚なんてとても恐ろしくて考えられない」

お互いを愛しすぎている両親。

私はずっと、異分子のようにして育った。いらない子供みたいだと感じていて――実際、そうだったのだろう。なんなら幼いころに、あっけらかんと言い放たれたことすらある。「あなたを産むつもりはなかったんだけどなあ」って。

黒川さんは少し黙考してから「それなら」と小さく、けれどはっきり言った。

「それなら、俺との結婚は問題ないんじゃないか？　幸い相思相愛ではないのだから、君が嫉妬でパニックになることもないだろ」

「まあ、それはそう……っ、じゃない！」

私は慌て首を振る。

「危ない危ない、流されかけるところだった！」

「流されてくれて良かったのに」

そう言いながら黒川さんはくっくっと低く笑う。そういう笑い方をすると、くっきりとした喉仏がわずかに動いて陰影を作る。

なぜだかぼうっとそれを見ている私に、黒川さんは「それにしても」と微かに首を傾げた。

「びっくりするくらい、考えてること全部口に出すんだな、君」

「はあ、……そうなんです、出るんです」

「まあ、話を聞いて分かった。それでこの場所は君にとって特別なんだな」

「そうですね……避難場所。仕事からも逃げて、結局ここで働いてますし」

職場で起きたいろんなことを想起して、一瞬心臓がズキリと痛む。忘れるようにコーヒーを口にした。苦みの中に、香ばしい風味とコクのある甘味。

「以前は別の仕事を？」

「銀行です。地銀」

畑違いだな、と感心したように言う彼に私は続けた。

「パワハラとセクハラがひどくて……一年ちょっとは我慢したかな？　でももうどうしようもなくなって、辞めて」

そのときの経験がいまだに私を縛り付けていて、他の仕事ができそうにない……という言葉は呑み込んだ。弱音を吐くのは好きじゃない。

黒川さんの眉がぴくっと動く。それから静かに笑った――笑ったけれど、かなり怖い。

「え、え、なんで怒ってるんですか」

「怒るだろ。婚約者がそんな目に遭っていたと知れば」

「まだ婚約者じゃない」

「まだ、か」

「いやいまのも言葉のあや！　ずっとです、ずっと」

やけに熱い瞳でこっちを見つめる黒川さんをチラッと見てから、小さくため息をついた。

「黒川さんといるとペース乱されます……」

「そのまま諦めて結婚してくれ」

「嫌です」

そう答えたときだった。定休日のはずのお店のドアが乱雑に開く。かろんかろん、とドアベルが激しく鳴ってドアにぶつかった。

「あ、すみません今日お休み……で……」

私は反射的に立ち上がってから、言葉を失う。

ドアマットの上で、私が銀行を辞めるきっかけになった上司が憤懣やる方なさそうな顔で立っていた。相変わらずきっちりとスーツを着込んでいるけれど、髪の毛が乱れてぐちゃぐちゃだ。四十代にしては若く見えていた彼が、かなり老け込んで見えた。

「ああ、やっと見つけた」

「っ、甲本次長……なんで」

身体がこわばり、呼吸が浅くなる。この人から嫌がらせをされていたのはもうずいぶん前のことだ。なのに顔を見るだけで、声を聞いただけで――それだけで、全身からどっと冷や汗をかいてしまう。

その感情が恐怖だと気がつくまでに、少し時間がかかった。それくらい、頭が働いていなかった。

「探したぞ！　お前のせいでめちゃくちゃになってるんだ。何がパワハラだセクハラだ、不倫に誘ってきたのはそっちだろ！」

「さ、誘ってなんか！　不倫を持ちかけてきて、断ったらパワハラしてきたのはそっち……！」

怒鳴られてすくんでしまう。声が震えて、膝が笑った。立っていられなくなり、椅子の背に寄りかかる。

当時の厭な記憶がざらざらと心臓を削るように胸が痛い。

「うるさいうるさい、ちょっとお前来い、今から重役の前で説明しないといけないんだ」

「え？　わ、私へのセクハラをですか？　二年以上前のことを？」

「お前の後任の女とゴタゴタが……あのクソ女……っ、とにかくお前は退職したのは自分のせいだと証言すればいいんだ」

　お店の中にズカズカと足を踏み入れた甲本さんと私の間に、黒川さんが壁のように立ちはだかった。思わず彼の後頭部を見上げる。

「な、なんだお前」

「彼女の婚約者だ」

「え、違」

「違うと言ってるぞ！」

「照れているだけです。彩葉さん、場が混乱するから少し黙っててくれ」

　ぐっ、と言われたとおりに口を閉じる。百八十センチ以上ある場所からぴしゃりと言われると、従わざるをえない雰囲気があった。

　だけどなぜだろう、その広い背中を見ていると……ほんの少し、呼吸が楽になってきた。

　守ってくれていると分かるからだろうか。

　きっとそうだ。オマワリサンなのだから、強いのだろうし。

「失礼ですが、彩葉さんの元上司の方ですか」

「そうだ。笹部、急いで来い。もう始まるんだ」

　何がなんだかだけれどとにかく焦っている甲本さんを見下ろし、黒川さんはゆっくりと話し出す。

「……推察するに、彩葉さんはあなたのことは上に報告せずに退職したのですね？　というよりは、上司であるあなたが彩葉さんや周りの方にも口外を禁じたのかな。そうして後任の女性にも同じように不倫を持ちかけ、今度はうまくいったものの上にバレた。芋づる式に周りの人間から彩葉さんのことが上に報告された。あなたが彼女を退職に追い込んだことも……だから彩葉さんに同意の上だった、退職は自分の意思だと上に証言させたい？」

甲本さんは顔を顰めて黙り込む。どうやらそのとおりらしかった。

自分勝手な、と喉がひくつく。

泣きそうになっているみたいだった。

「ふざけるな」

黒川さんが地を這う声で凄む。

「二度と俺の婚約者の前に顔を出すな」

「っ、う、うるさい。少し証言するだけじゃないか……！　それくらいいいだろう！」

「よくない。……つきまといにも該当するかな」

「つきまとい？　一体何を」

黒川さんは無言で黒い何かを取り出した。ぱかりと上下に開いたそれは、ドラマなんかでは見かけたことのあるものだった。

――警察手帳？

「兵庫県警の黒川です」

「……刑事？」

警察手帳を眼前に突きつけられた甲本さんは、目を白黒させながら黒川さんを上目がちに見上げた。

「似たようなものです」

すっと目を細め、黒川さんは甲本さんの手首を大きな手のひらで掴んだ。

「脅迫、強要の容疑で現行犯逮捕もできるんですよ」

「く、くそっ」

甲本さんはしばらく血走った目で私を見つめたあと、唇を噛んで黒川さんの手を振りほどいた。

それから背中を丸めてお店を飛び出していく。

開きっぱなしのお店のドアを、黒川さんが丁寧に閉めた。

かろん、とドアベルの音——思わずへたり込むと、慌てたように黒川さんが私を支えた。

「大丈夫か」

「……は、い」

はああ、と息を吐き出す。けれど身体に力は入らないし、声は震えているし、泣きそうで苦しいし……というか、本当に泣き出してしまう。

「っ、ふうっ、ごめんなさい、ごめんなさい……っ」

ダメだ、と思う。

あの人に傷つけられたのはもう随分昔のことで、そんなこと忘れて生きていかないといけないのに、なのに……

普段はなんでも口にするのに、うまく言葉にならない。出てくるのは、涙に震えた情けない呼吸

だけ。

「大丈夫。大丈夫だ」

黒川さんが背中を何度も撫でてくれる。

「大丈夫だ」

黒川さんは私を膝に乗せるようにして椅子に座る。私はすっぽりと彼の身体に包まれて抱きしめられて、小さな子供みたいにしゃくり上げながら泣く。

黒川さんのカットソーが涙で濡れていくけれど、彼は全然気にしてないそぶりで私の頭に頬を寄せてきた。

「絶対に俺が守ってやる」

ひどく真剣な声だった。思わず一瞬、息を詰める。

狭い店内に、私の泣き声と、コーヒーの香りと、黒川さんが私の背中を撫でる本当に微かな音だけがある。

とくんとくんと黒川さんの心音が聞こえる。少しだけ、速い。

どれだけそうしていただろう。落ち着いてくると、猛烈に恥ずかしくなってきた。

「恥ずかしいどころの騒ぎじゃないよ……」

まだスンスンと鼻を啜ってしまいながら言うと、黒川さんが破顔する。

「いいじゃないか。婚約者だろ」

「してません……」

言いながら、エプロンで涙を拭った。

ふう、と息を吐き出す。

「あの、ありがとうございました。離してください」

「ん？　ああ」

そう返事をしつつも、黒川さんは私を離そうとしない。

「黒川さん？」

「なあ、気分転換に少し出かけないか？」

私の顔を覗き込み、彼は柔らかく目を細める。そうすると、強面気味の整ったかんばせがずいぶん親しみやすい印象になる。

ちょっとだけ、ドキッとした。だからだろう。

「……それってデートに誘ってます？」

そんなかわいげのない言葉がするりと出たのは――いやまあ、普段からかわいげなんて持ち合わせていないのだけれど。

「まあな」

黒川さんはさらりと私の髪を撫でた。

「けれど、どう取ってもらっても構わない。君がデートだと思えばそうで、ただの憂さ晴らしだと思えばそう」

「憂さ晴らしでいいですか」

黒川さんの目をじっと見つめると、「もちろん」と彼は言う。

「俺としてはデートだけれど」

「……そういうのずるいです。やっぱり遊び慣れてると思う」

「信じてもらえないなあ」

抱き込んだ私の脳天に顎を乗せ、黒川さんが低く笑う。その声は楽しげで、私はますます訳が分からなくなる。

私に五百万の価値はない。ないはずだ。

なのにどうして……彼はこんなにも私を求めてくるのだろう。


昼間から呑んでもいいし身体を動かすのでもいい、なんでも付き合うと自信満々に彼が言うから、私は神戸港近く、メリケンパークまで彼を引っ張ってきた。齧られたりんごみたいな形のポートタワーや帆船をイメージしてデザインされた博物館がある一帯だ。

もっとも目的は観光じゃない。

「ふっふっふ、これなら負けないと思うんです」

「いつから勝負に……?」

苦笑する黒川さんを見上げる。

憂さ晴らし、と聞いてそれなら久々に運動しようと決めたはいいものの、相手は黒川さんだ。

「いかにも運動できそうなガタイですもん。球技とかなら負けちゃう。バッセン行っても野球してたんでしょ、私より打つだろうし。負けたら憂さ晴らしにならない」

「ハンデつけようか」

「いやです、手を抜かれると、それはそれで面白くない」

だからこれです、と私は壁を見上げる。

壁と言っても、まっすぐな壁じゃない。天井まで五メートルある高いそこ、ゴツゴツの岩場をイメージして作られた壁には赤やオレンジ、青といった目立つカラーで作られた手をかけるホールドと、足の先を引っ掛ける小さな突起、スタンスがある。

要は、室内ボルダリング用の施設だった。

平日の日中ということもあり、広い施設に私と黒川さんのふたりきり。登るときはトレーナーさんがついていてくれるそうだけれど……

「初めてだ」

そう言って壁を見上げる黒川さんに「私もです」と答える。黒川さんが私を驚いた顔で見下ろし眉を上げた。

「君も？」

「？　はい」

「てっきり経験者かと」

「いいえ、違います。お互いイーブンじゃないと面白くないでしょう？」

私の言葉に黒川さんは目を丸くして、それからふっと笑った。

「分かった。正々堂々、受けて立とう」

「よーし。なら賭けましょう。負けた方がひとつ言うこと聞くってことで……あ、結婚以外で」

慌てて言い添えると、黒川さんが「なら」と私をじっと見る。

「君が勝っても『もうプロポーズしない』はなし。いいな?」

「あ、その手があった!」

「ダメだ」

むっ、と軽く眉間を寄せて彼を見上げる。視線が交差して、黒川さんのあまりに真剣な顔にたじろいだ。

「それだけは、ダメだ」

「……分かりましたよ」

軽くため息をついてから胸を張る。

「正々堂々、いい勝負にしましょう!」


そうして正々堂々受けて立ったボルダリング勝負の結果――私の惨敗だった。

「ううっ、指が痛い……ボルダリング難しいっ」

半泣きになりつつジムを出る。横で黒川さんが楽しげに笑っていた。あたりはすっかり夕陽の橙(だいだい)色に染まっている。

「まさか黒川さん、あんなすいすい登れるなんて……」

「中級コースだったからな」

「初心者なのに！」

ぶうっと唇を尖らせる。

体重のかけ方も、腕の力で自分を支えるのもどうにもうまくいかず、私は初心者コースですらクリアできなかったのだ。

一方で黒川さんはコーチにも絶賛されるほどひょいひょいと壁を登って……

「本当は経験者？」

「そんなズルはしない」

「ですよねー……」

私はがっくりと肩を落とす。

黒川さんとはそう親しいわけでもないはずなのに、なんだか人となりをよく知っているような気分になっていた。

どうしてだろう……とちょっと考えて気がつく。毎日されたプロポーズ、そのせいで何かと会話が増えて、かなり彼に対する情報が増えているのだ。きっと最初に「何も知らない」なんて言ったから。

「とりあえず、お願いは聞いてもらえるんだよな」

「はあ……」

お願いってなんだろう、と思いながら彼を見上げると、黒川さんはなんとも不思議な表情をしていた。しいて言うならば、迷子の子供みたいな。

首を傾げかけた私に、黒川さんが「飯」と呟く。

「めし？」

「今から夕食を一緒に……奢（おご）るから」

私は思わず目を瞬く。

「え、いいんですかそれで？　なんかこう、三回回ってワンと言えとか神戸港にダイブ決めろとかじゃなくて」

「なんで大切な婚約者にそんなことをさせなくてはいけないんだ」

危ないだろ、と口を尖らせる。

「婚約者じゃないですってば」

私の声を完全に聞いてないふりをして黒川さんは続ける。

「和洋中どれがいい？」

「え？　えーっと、洋食、かな？」

「フレンチとイタリアンなら」

「イタリアン。……ていうか私が負けたのに奢るのは黒川さんって、変じゃないです？」

そんな私の言葉を無視して、黒川さんは「予約する」とスマホをすいすい動かしたあと、「もうひとつだけお願いを聞いてもらえないか」とまた子供みたいな目線で私を見た。

「えー？　まあ、いいですけど」

罰ゲームのはずなのに謎に奢られるみたいだし。黒川さんはスマホをしまってから、じっと私を見つめた。

「手を繋いでもいいか」

「手？　なんで」

「繋ぎたいから」

そう言って彼はするりと私の手を握り込む。すっぽりと包まれた右手に、彼の手の大きさを嫌でも感じる。

無言だけれど特に抵抗もしない私に少しホッとしたように彼は息を吐き、ゆっくりと手を引いて歩き出す。

「どうして手を繋ぐんですか？」

「あー……そうだな、秘密」

「ずるい」

眉根を寄せた私をちらりと見て、黒川さんは少しだけ笑う。吹き抜ける夕風は、海の匂いがした。

連れてこられたのは、今いるメリケンパークから少し離れた旧居留地界隈だった。幕末から明治にかけて西洋人の街だったここは、レトロな石造りの西洋風の建物が立ち並ぶ瀟洒な一帯だ。

現在その建物たちはオフィスであったり、カフェであったり、高級ブランドの店舗が入っていたりと形態はさまざまだけれど、今も神戸の人々に愛され続けている。

そのうちの一件、かつて銀行だったイタリアンレストランに黒川さんは私を連れて入った。

「あの、黒川さん。ここって予約取れないお店じゃ」

私はお店をくるりと見回しながら尋ねる。

今は十八時をすぎたあたりで、お店はすでに満席状態。

「あんな居酒屋予約するみたいなノリで取れるお店じゃないですよね？　ていうかこんな服装で大丈夫ですか、私たち」

仰々しいドレスコードがあるようなお店ではないとは思うけれど、私たちはさっきまでボルダリングをしていたこともあって、かなりカジュアルだ。カジュアルをとおりすぎてスポーティーですらある。

「ん？　ああ、問題ない。オーナーが知人なんだ。個室を用意してもらったから」

黒川さんがさらりとそんなことを答え、私が目を丸くしたところに、「黒川様」と黒い蝶ネクタイをつけた初老の男性が姿勢よくやってきた。

「ご無沙汰しております」

「いえ、お久しぶりです、オーナー。なかなか顔を出せず申し訳ない」

にこやかに挨拶をしつつ、オーナーさんに続いてしばらく歩くとお店の奥、小さな個室に案内された。小さい、といっても調度品なんかは上品なアンティークで、雰囲気にとてもマッチしていた。

そんな部屋に通されても手は繋がれたまま……一体どんな意図があるのだろう、と思っている私を目線で示し、彼はオーナーさんに言う。

「あ、彼女は俺の婚約者で」

「してない」

即座に否定するものの、オーナーさんは「さようですか、おめでとうございます！」と笑みを深くして私に会釈をしてくる。

いやしてない、してないんだけど！

唇を尖らせたまま、私はオーナーさんが引いてくれた椅子に座る。シワひとつない純白のテーブルクロスが敷かれた丸いテーブルの向かいでは、黒川さんが上機嫌に頬を緩めている。

私はひとつため息をついた。

今日のところは仕方ないかあ、ボルダリング勝負、負けちゃってるし……

「コースでいいか？　嫌いな食べ物は」

「特に」

黒川さんは私にドリンクメニューをよこし、視線で選ぶように促してきた。

「んー……ミネラルウォーターで」

「酒に弱いのか」

「いえ、ただシラフでいようかなと」

黒川さんは少し考えるような表情を浮かべたあと、「なら俺も酒はやめておく」と炭酸水を選ぶ。

ややあって運ばれてきたグラスで乾杯をして、前菜から口に運ぶ。

前菜は鴨ときのこのバロティーヌ。きのことフォアグラのソテーを鴨肉で包み輪切りにし、コンソメのゼリーが添えられている。

バロティーヌ自体はフランス料理だと思うのだけれど、イタリアンらしくオリーブオイルの風味がうまく生かされてる。どうやら、そのあたりは柔軟に色々と取り入れているようだった。さすが予約が取れないレストランなだけある。

続いて供されたパスタと、メインのお魚やお肉も美味しくぺろりといただいてしまう。

というか食事だけじゃなくて、黒川さんと喋るのもなかなか楽しい。罰ゲームになってなくないかな、これ……

あっという間に時間が過ぎ、運ばれてきたデザートは、イチゴがふんだんに使われたチョコレートのドリップケーキ。ケーキトップからチョコソースをたっぷりと滴らせたものに、イチゴがこれでもかと乗っている。さらにはイチゴの花が飾られていて、とてもかわいらしい。

「うっ、かわいい」

食べてしまうのがもったいない……つい矯めつ眇めつ眺めてからフォークを突き刺す。食べるために作られたんだもんね。

舌に乗せるとチョコソースはほろ苦で、甘いチョコクリームと甘酸っぱいイチゴによく合う。

「おいしぃぃ……」

思わず頬に手を当て目を細めてしまう。

ふっと頬を緩めている黒川さんと目が合って、慌てて顔を引き締めた。

「お、美味しいから仕方ないでしょう」

「ん、仕方ない」

そう言ってから黒川さんは優雅な手つきでイチゴの花をフォークに乗せてじっと私を見つめて唇を動かす。

「イチゴの花言葉が」

「花言葉？」

「幸福な家庭、らしいんだ」

「……」

もう何回もプロポーズされてしまっている私は、ケーキの上に乗るイチゴの花を見つめた。白いイチゴの花。

「……しませんよ」

「君となら幸福な家庭、作れる気がしてるんだけれど」

「恋愛結婚じゃなくても？」

「恋愛結婚をしたくないんじゃなかったか？」

「結婚自体が……というか」

コーヒーと一緒にいただきつつ、私はふと尋ねてみた。

「私って五百万の価値ないですよね？」

「どうしたんだ、急に」

「結婚の話ですよ。黒川さん、損してますよ」

「してくれる気になったのか？」

「それはないですけど、なんとなく気になって」

ぱくっとイチゴを口に運ぶ。甘酸っぱいお味に舌鼓を打っていると、黒川さんがふっと唇を緩めて私を見つめ口を開く。

「ある」

「ん？」

ぱちくりと目を丸くする私に、黒川さんは目を細める。

「五百万の価値がある。彩葉さんと結婚できるなら、それでは安いくらいだ」

ごきゅっとイチゴを飲み込んだ。

黒川さんは真剣に私を見つめていた。なんとなくドギマギしてしまって目線を逸らす。

不規則になってしまいそうなほど胸が高鳴るのを不思議に思いつつ、「なら」と口を開いた。

「その理由は教えてもらえませんか？　コーヒーの淹れ方のレクチャーや、お見合いを断る口実にしては大金すぎますけれど」

「……秘密にさせてもらえないか。決して君を煩(わずら)わせたりすることはないと誓うから」

「怪しい」

「信用してもらう他はないな」

黒川さんはじっと私を見つめる。私ははあと息を吐いた。

「信用は、してますよ」

「してくれるのか」

「まあ……本当にお巡りさんみたいですしね」

あの警察手帳を信用するならば、だけれど。

「確認のために県警に電話してみてくれても構わない」

「まあ、おいおい確認はするとして、ですね……うーん」

「悩んでる暇があったらさっさと結婚を承諾してくれないか」

「ちなみに、ですけれど……」

私は眉を寄せて、一応聞いてみようと口を開いた。可能性としてなくはないはずだ。

……つまり、黒川さんが私に恋愛感情を抱いている、という可能性だ。

いやまあ、ゼロ近似だとは思うけれど、ほらこう、念のため。

軽く咳払いする。「私のこと好きなんですか？」とか聞くのは正直気まずい。気まずいっていうか、多分違うし、勘違い女だと思われるのもなんかね。

「あー。その……相思相愛というか、そういうのを求めてらっしゃる？」

あ、変な聞き方になっちゃった。

黒川さんは特に気分を害した様子もなく、あっさりと首を横に振る。

「いや？　そうはならないだろうな」

「さようですか……」

予想はしていたけれど、別に私が好きというわけではなさそうだ。

「だとしたらなんでー？　もー、よく分かんない黒川さん……」

急激に恥ずかしくなって、手で自分を煽ぐ。

ああほんと、自意識過剰な質問をしてしまった……！

黒川さんは申し訳なさそうに苦笑している。

「そこはもうよくないか？　君も俺も結婚すれば全部うまくいくんだから」

それでいいだろう？　と黒川さんはテーブルの上で私の左手を握る。

指先で手の甲を撫でられて、ああやっぱりこの人慣れてるな〜、なんて思いながら私は天井を仰ぐ。レトロな花の形を模した照明が、暖かな色で煌めいた。

「です、かね……？」

そう答えてしまったのは、黒川さんの確信に満ちた「全部うまくいく」という言葉ゆえだった。

何もかもが不安だった。

お店がなくなるかもという不安、外で働けない不安、極め付けに甲本さんに再会して……

「そうだ。絶対に幸せにする」

そんな言葉が、やけにストンと腑に落ちてきてしまう。

「彩葉さん、俺と結婚しよう」

「んー……」

ため息をついてコーヒーを口に運ぶ。オリジナルのブレンドらしい、濃いめに淹れられた苦味が強いその味が、なんとなく今の気分とマッチする。

「それはＯＫの返事ととっても？」

「そう、です、ね……前向きに検討は、してみてもとは……その、思い始めています」

中途半端な私の答えに、黒川さんが一瞬、ほんの一瞬だけ、息を詰める。そうしてゆっくりと息を吐いてから目を細め、私の左手を強く握り直した。

「良かった」

「……ちなみにですけど」

ソーサーにカップを置きながら黒川さんの顔を見る。

「仮にですよ？　仮に私が黒川さんと結婚したとして、黒川さんは恋人を作ったりとかされますか？」

念のために聞いた言葉に、黒川さんが目を瞬く。

「ん？」

「いやだから、黒川さんは形式上妻が欲しいだけですよね？　上司さんからの見合い話含めて、とにかく煩わしいのが嫌って認識でいいです？　仕事に理解がある……というよりは黒川さんに干渉しない、そんな奥さんを求めてるってことで。そうなると家庭と恋愛は別なのかなと」

ちょっと一足飛びだったかな？　とも思いつつ、疑問に思ったのでつい聞いてしまう。

「どうでしょう？　認識間違ってますか」

黒川さんは黙って私の言葉を聞いたあと、うっすらと笑ってから口を開いた。

「……そう説明はしたけれど、彩葉さん。婚約した以上は、俺は君以外と寝ないし君もそうしてほしい」

「ん？」

私は首を傾げる。小首をどころか大首を傾げてしまう。

「なんか今、ものすごくナチュラルに私のこと抱くって言いました？」

「言った。君の同意があれば、の話だけれど……俺は結婚する以上、不貞を犯すつもりはない」

私は思い切り寄った眉間を指で揉む。

「結婚、ってそうか……そういうことも含みます？」

「ん？　ああもちろん、君が嫌なら構わない」

そう軽く言いつつも、「かなり忍耐力は必要かもしれないが」と黒川さんが肩をすくめた。

……男の人にそこまで禁欲を強要するのは酷なのかもしれない。

「あー、その、ごめんなさい。嫌とかじゃなくて……私、正直そんな性的魅力なくないです？」

私の言葉に、なぜか黒川さんがポカンとした。

「魅力がない？　どうしてそんなふうに」

「いやあ、あのー……」

口をもごもごさせて言葉を濁した。

それから思い切って口を開く。

「決してコンプレックスがあるわけじゃないんです。私は私の体つき、気に入ってるんで。ただ、男性にとってはどうかなと」

不倫を持ちかけて来た甲本さんだって、別に「私」だから声をかけたわけじゃない。若い女なら誰でもよくて、セクハラが始まった当時入社二年目、なおかつ直属の部下だった私は立場も弱く、遊んで捨てるのにちょうどいいと判断されたにすぎない。

　苦い思い出を反芻（はんすう）している私に、黒川さんは実にあっさりと言う。

「君が気に入ってるならそれでいいんじゃないのか」

「Aカップマイナスでも？」

「ん？」

「ないんです！　私には！　おっぱいが！」

　言いながら胸を張る。ない。ブラジャーする意味があるのかないのか、時々自分でも迷うくらい、ない。

　でもそんな自分が嫌いじゃない。走れるし、服を選ばないし、なったことはないけれど巨乳さんより肩こりも楽なはず。

「胸の大きさなんかどうだっていいだろ」

　黒川さんは本当にどうでもいいことかのようにゆったりと笑う。

「ほんとーうーに？　見たら考え直すかもしれませんよ。少年みたい、と友達には言われます。胸だけじゃなくて、体型自体そんな感じなんです。抱けます？　こんなだから、多分元カレとかにもちゃんと女として認識されなかったというか」

　ひょろりとした思春期前の男の子みたい、とよく言われる。身長こそ平均はあるものの、肩幅も、お尻とかの腰回りも、足も手も全部小さい。

だからこそ、友達からなんとなく交際に至った彼氏とはそんな甘い雰囲気になることもなく別れたのだろう。

――つまり、私は二十代後半になっても未経験なのだった。

……彼氏がいたことがあるのに未経験って、自分に魅力がなさすぎると言っている気がして、なんとなく秘密にしている。だってなんか切ないもの。

「俺はそんなことにならない」

黒川さんは心外そうに言って眉を上げた。

「抱ける。余裕だ」

断言されてしまった。

むう、と軽く眉を寄せ彼の手を振りほどき、考える。

手を離された黒川さんは、少し寂しそうにしていた。強面のくせにそんな表情するの、ずるい。

ちょっとドキドキしてしまう……

そうだ、もうこうなったら見せてやろう。黒川さん、モテてそうだし、きっと今までスタイルいい女性ばかりと付き合ってきたに違いない。

そんな彼はきっと、胸がないとか少年みたいとか言われても、いまいち想像がついてないのかも。

私を見て萎(な)えるかもしれない。肉体的にも、精神的にも――

五百万は惜しいけれど、「抱ける」と断言までされて結婚したあとに『やはり女として見られない』とかなんだとか幻滅されて生活するのは嫌だ。

私にだってプライドというものがある。

「よし、じゃあ行きましょう」

「どこに」

「えっと、ラブホとか」

黒川さんがコーヒーを吹き出しかける。慌てて私を見る瞳はわずかに動揺が見えた。ちょっと面白い気分になって、にやりと笑う。

「抱けるというのならば、抱いてみせてください」

黒川さんはしばらく目を見開いていたあと、肩を揺らして大きく笑い出した。

「む、何を……からかっていたんですか？」

「まさか！　本気だ。ただ、思い切りがいいなあと」

「そうでしょうか」

「そうだ」

黒川さんはゆっくりと目を細め、じっと私を見つめる。

「ただラブホというのも雰囲気がなくないか？」

「どこがですか。そういう場所でしょうに」

私の言葉に黒川さんは目を丸くして、それから頷いた。

「大切にする」

そう言って彼は私の手を再び取り、自分の口元に寄せる。薬指にキスをして、そうしてゆったりとオトナな表情で目を細める。

初めて訪れた「ラブホ」という特殊な建物に私はちょっとばかり興味津々だ。

「えっ嘘、露天風呂⁉」

思わずウッドデッキのテラスが見える天井までの大きなガラス窓に近づいた。

広いテラスは完全に外界から見えないように壁や謎に南国風の植え込みで遮断されているけれど、屋根が抜けている。

私は目を丸くして夜空を見上げた。

「ラブホってこんなラグジュアリーな露天風呂あるんだあ……」

ていうか、視界の隅にちらちら入ってくるベッドも大きい。なにこれ、クイーンサイズはあるんじゃないだろうか。真っ白いシーツに真紅の枕の組み合わせが、ここが普通のホテルではないことを示していた。

ちなみに、黒川さんは入り口のタッチパネルでなんの相談もなくスイートルームを選んでいたりする。

普通のビジネスホテルよりよほど高い値段が表示されていたこの部屋は、ご休憩六十分とやらで一万円を超えている。

迷うことなく宿泊にされてしまったけれど……一泊三万円するのだけれど……

「割り勘ですか？」

ぱっと振り向いて聞くと、テーブルにスマホを置こうとしていた黒川さんが苦笑した。

「まさか。君に出させようなんて思ってない」

「いやでも、誘ったの私ですし……？」

ふっ、と黒川さんは笑って肩をすくめ、さらりと話題を変えた。

「今度はもっといいホテルに泊まろうな。夜景が綺麗なところだとか」

そんな言葉と一緒に背後からいきなり抱きすくめられ、私は「ひゃあ」とあまりかわいくない声を上げてしまう。

「く、くくくく黒川さん？」

「どうした？　誘ったのは君の方だろ」

「え、だってそんな、いきなり」

耳元で黒川さんがふっと笑った。いつもの声……なのに甘い艶のようなものが混じっていて、私はどうしてもドギマギしてしまう。な、なにこれ……

「あの、お風呂とか……んむっ」

顎に手を添えられて、性急と言ってもいい勢いで唇が塞がれる。黒川さんの唇の体温と、柔らかさと、少しだけかさついた感触に頭の芯がぽうっとしてしまう。

黒川さんと、キス、してる――

それを理解した瞬間には、唇が舌で割り開かれていた。

「ん、……っ」

黒川さんの分厚めな舌が、私の舌を絡めとる。ざらざらして柔らかい器官で付け根をつつかれ、かと思えば舌の裏側を舐められ、誘い出されてちゅうっと吸われて――

頭がくらくらする。

力が抜けかけた私から唇を離し、黒川さんは私を横抱きに抱え上げる。思わず見上げた彼の瞳は、ぎらぎらと欲情に染まっていた。

ずくん、とお腹の奥が疼く。

黒川さんはただでさえ強面なのに、そのかんばせがさらに真剣みを帯びていた。……怖いくらいに。

「あ……」

黒川さんは何も言わず私をベッドに横たえる。ひんやりとしたシーツは当たり前かもだけれど洗いたてなのか、微かに洗剤の香りがする。

大きな手で、するすると服を脱がされる。

「やっぱり、慣れてる……」

下着姿になった私は胸を隠すように横向きに丸まって、黒川さんをじとりと睨んだ。

「そんなことはない」

黒川さんは腕時計の金属製のベルトをぱちりと外し、ヘッドボードへ置く。コトリと言う微かな音が、やけに耳に響いた。

カットソーを脱ぎ、上半身裸になった黒川さんが私の手を取って自分の胸に当てる。素肌のなめらかな感触と体温にドキマギと頬に熱が集まった。

その素肌の感触の下にある心臓が、大きく昂（たかぶ）っているのが手のひらに伝わる。

「緊張してる。死にそうなほど」

「どうして……？」

「さあな」

ことのほか軽い口調で彼は言って、片方の口角を余裕っぽく上げた。なのに心臓は全速力で走ったときみたいにどくどくしていて——私の心臓も、同じくらい速く鼓動を刻んでいる。

「心臓飛び出そう……」

細い声で呟いた私の肩を、彼は優しく押した。仰向けになった私は観念して——というか、当初の目的どおりに彼の眼前に身体を曝（さら）け出す。

華奢（きゃしゃ）というよりは貧相な身体を、私の頭の横に両手をついた黒川さんはじっと見下ろしていた。

「ね？　魅力ないでしょ……あの、そういえば元カレが」

緊張を紛らわせようと雑談を始めた私の頬を黒川さんが撫でて「元カレ、な」と呟いた。

「何人いたんだ？」

「え？」

「過去に付き合った人数」

「えっ、と……ひとりだけです」

黒川さんは「ふうん」と興味なさげに頬を緩めてからはっきりと言う。

「しかし、ベッドで他の男の話をされるのは愉快なものではないかな。君がどうしても喋りたいというのなら聞くけれど」

「え？　あ、ごめんなさい」

そういうものなのか。……、そりゃそうか。

瞬きながら答えると、黒川さんは親指の腹で柔らかく私の唇をなぞった。

「過度に束縛するつもりはないが、俺はどうやらあまり心が広い方じゃないらしい。すまないな」

「え、いえ……」

首を横に振ると、黒川さんはホッとしたように眉を開き、それから私の手を掴んだ。

彼の下腹部に手は導かれて——私は「わあっ」とかわいくない悲鳴を上げる。彼のものが硬く屹立し、昂っているのがジーンズの分厚い生地越しでさえありありと分かってしまったからだ。

ていうか、大きい、し……

男の人のは、みんなこんな感じなのだろうか？　頬が熱くなり、視線をうろつかせた。

「あ、あのっ、ええっと」

思った以上に戸惑う声が出てしまい、自分でも情けない。経験がないと吐露（とろ）しているようなものじゃん！

そんな私に観察するような視線を向けつつ、黒川さんは言う。

「それにしても、さっき魅力がないなんてよく言えたよな？　これが返答だ」

「でもそのっ、ええっと」

　慌てているうちに、彼は身体を起こし下着ごとジーンズも靴下も脱ぎ捨てた。バサバサと床に落として、裸で私に覆い被さってくる。

　鍛えられた身体が、私の身体を包み込む。下腹部に彼の屹立が押し当てられた。硬い熱が少ししっとりと湿り気を帯び、ひどく生々しい。ごくりと唾を飲み込んだ。

「す、するんですか。本当に」

「……正直、ここまで来て『なし』はキツイな」

　肌と肌が触れ合う。艶かしく、けれど同時に、その体温にひどく安心した。溶け合うような感覚に、しばし陶然としてしまう。

「……嫌か？」

　ぎゅっ、と彼は私を抱きしめる。後頭部と腰に回された彼の大きな手のひら。

　彼は何をするでもなく、ただ私を抱きしめ続けていた。体温を分け合うように、感情を分かち合うように。

　私も彼の広い背中に手を伸ばす。おそるおそる抱きつくと、さらに強い力で抱きしめ返された。

　どれだけそうしていただろう。

　とくん、とくん、というお互いの鼓動が混じり合った感覚に陥ったところで、彼が動いた。

　鼻先でそっと首筋を撫でられ、私はすんっと息を吸う。彼はそのまま鼻先で耳を撫で、次の瞬間にはぬるりと耳の裏を舌で舐め上げた。

「あっ」

自分から甘ったるい声が零れて驚く。耳元でフッと黒川さんが笑った。それさえも背中をゾクゾクさせ、私は半ば混乱しながら彼にしがみつき直す。

黒川さんはなおも、ちろちろと舌先だけで私に触れる。耳殻も、耳朶も、溝も――ちゅくちゅくと脳に直接音が響く。

「ん、んっ、あっ」

お腹の奥が切なくぐずつく。知らず動かしてしまいそうになる腰を必死で止めて、我慢するために唇を噛んだ。

ふ、と彼が顔を上げ私を覗き込み、私の上唇を甘く噛む。そうして唇を触れ合わせたまま、お腹に響く低い声で「彩葉」と呼び捨てで私を呼んだ。

「噛むな。血が出るぞ」

「だって、ぇ……っ」

だって、と私はとりあえず言葉にしたものの、その先をどう続けていいのか分からなかった。だってキスさえ経験がなかったのに！

後頭部を固定され、ぬるりと口内に彼の舌が入り込んでくる。ちゅくちゅくと音を立てながら彼は私の口の中を丹念に舐め上げた。上顎を舐める彼のざらついた舌の感覚が、狂おしいほどに生々しい。

「んぅ……」

お互いのものが入り混じった唾液を、こくんと飲んでしまう。彼の舌が「よくできました」と言わんばかりに私の舌を撫でてから、ようやく口の外に出ていった。つうっと銀の糸がお互いを繋ぐ。

やがて、彼の手が腰から脇腹に移動した。短く切り揃えられた爪の先で皮膚をごく軽く撫でられると、ゾクゾクと鳥肌が立つ。

初めての感覚に思わずはぁっと息を吐くと、黒川さんがごくりと唾を飲み込んだ。動く喉仏の陰影にドキンとしてしまう。

――男の人に、組み敷かれている。

ドキドキしながら黒川さんを見上げると、彼がゆっくりと口を開く。けれどそれは何か言葉を発するためではなくて。

「ひゃあ…っ」

ささやかな乳房ごと、先端が彼の口内に含まれる。生ぬるい口の中で、先端が舌で扱(しご)かれ、つつかれ、前歯でごく柔く甘噛みされた。

その動きひとつひとつが、信じられないほど鋭利な快楽を呼び覚ます。

「ぁ、やだぁ……っ」

何これ、何これ！　こんなの知らない、聞いてない！

半泣きになって首を横に振ると、もう片方の胸の先端を指先でむにっと潰しながら黒川さんが顔を上げた。

「悪いが今さら『なし』は聞かない。――抱かせてもらう」

その声のトーンが、表情が、あまりに真剣なものだったから――私は思わずポカンと彼を見つめる。

　黒川さんは微かに苦く笑ってから、ちゅ、と触れるだけのキスをよこす。そうして爪の先で胸の先端の中央をかりっと軽く抉り、もう片方に再び吸い付く。

「ん、ぁ、やだっ、やだあっ、あっ」

　恥ずかしいと思うのに。やめてほしいと思うのに。

　なのに身体が言うことを聞かない。

　背を逸らせ胸を突き出して淫らに強請るように腰を揺らす。すると濡れそぼった足の付け根が、黒川さんの屹立の幹にぬるぬると擦り付けられる。

　それがあまりにも気持ちよくて……

「あ、あっ、あっ、きもち、ぃ」

　羞恥で頬が熱い。けれど、それ以上にお腹で蠢く欲求が身体を疼かせ、切なくさせ——ほとんど痛みに近いそれを慰めたくて腰を動かしてしまった。

「……っ、君、なぁ……っ」

　黒川さんががばりと腕をついて身体を起こし、私の膝裏をぐいっと持ち上げて足を開かせる。

「あまり煽るな。避妊も何もなしで挿れてしまう寸前だった」

「だ、って……」

　また『だって』だ。何を告げたらいいのかも分からないのに、言い訳のようにその言葉が口をついて出る。

ぽうっと身体の奥に火が灯り、火照りを慰めたくて頭の中がぐちゃぐちゃだ。

けれど、今度は何かを言う必要はなかった。黒川さんの男性らしい、節高な指がぬちゅりとナカに入ってきたから。

「ぁああ……っ」

反射的にそれを締め付ける。黒川さんはそれに構わず、ぐちゅぐちゅと指を抽送させる。

「や、だっ」

肉襞が指に絡みついていくのが分かった。違和感がすごい。なのに吸い付き、彼の指の動きに合わせて締め付け、ゆっくりと蠕動する。

「ふ、ぅ……っ」

「狭いな」

黒川さんの声が頭に響く。

子宮のあたりが、熱い。

じわじわと、波のように何かが満ちていく——その感覚に殴られたような気分で夢中になっていると、ふっと黒川さんが足の間に顔を沈めた。

「ぁ、待っ……！」

私は必死で彼を押し留めた。多分顔は真っ赤になってる。

「お願い、せめて電気、消して……？」

「……見ていたいんだが」

「無理！　ほんとに、無理です……」

語尾が勝手に消え入りそうになる。

黒川さんは喉奥で楽しげに笑ってから、電気をかなり暗くしてくれた。微かにお互いの表情が分かる程度……

「これなら舐めていいんだな？」

「舐め……って、そんなはっきり……ひゃあんっ⁉」

口からは媚びるような悲鳴が零れ落ちた。

「はぁあ……っ、あっ、あっ」

ちゅくっ、とわざとらしく音を立てながら、黒川さんは私の肉芽を唇で扱く。肉襞に埋められた指はいつの間にか増えていて、バラバラに動かしながら身体の中を探られる。

「う、あ、だめっ」

私は首を振り、叫ぶ。

「待って、何か来ちゃう……っ」

何かがぱちんと弾けたような感覚に、シーツを握りしめ、顎を仰け反らせてぎゅうっと彼の指を締め付ける。

「ふぁ、あ……んっ」

太ももまでが震えた。

これ、何？

なんなの？

半泣きでシーツに全身を預けた私の頭を、ゆっくりゆっくりと黒川さんが撫でる。こめかみに落ちてきたのがキスだと気がついたときには、またぎゅうっと抱きしめられていた。

お腹にぐいっと彼の硬い屹立が押し付けられる。

「彩葉。挿れたい」

掠れた低い声で、どこか甘えるように言われて——嫌、なんて言えなかった。

「ん……」

気がつけば、彼を抱きしめ返して頬擦り（ほおずり）をしていた。唐突に湧いてきた胸を締め付ける情動が、私にそんな気恥ずかしい行動を取らせる。

「挿れて……」

黒川さんが荒く息を吐く。

「君は……」

黒川さんはがばりと起き上がり、ここにくる前にドラッグストアで買ったコンドームのパッケージを少し乱暴に歯と指で開けた。

お腹についてしまいそうなほど昂っている屹立に手早くそれを着け、黒川さんは私の膝を持って足を開かせた。

「言わせてもらうけれど、君はクソエロいぞ」

「クソエロい⁉」

黒川さんから出た言葉だとは思えず、つい復唱した私のナカに、黒川さんが肉張った先端を埋める。

「んっ」

シーツを掴み、顔を逸らした。最初に感じたのは鋭い痛み――それから鈍い痛みと、同じくらいの甘い快楽がじわじわと下腹部を包む。

「ああ。……、思っていたとおりだ」

彼はそう言って両手で私の頬を包む。

「すごくかわいい」

「っ、思っていたとおり、って……ゃんっ！」

ずちゅん！　と一気に最奥まで貫かれる。みちみちと肉襞がかき分けられ、身体の中をみっちりと満たす。粘膜が蕩けそうなほど熱い。入り口がひきつれて痛い。

「はあ……っ」

狭いな、と黒川さんが微かに眉を寄せて呟いた。

私の顔の横に筋肉質な腕がをつき、私に体重をかけないようにと気を使ってくれているのが分かる。……余裕を、感じた。

一方で私はというと、鮮烈な痛みと、お腹を満たす硬い熱が生み出す快楽を逃しあぐね、シーツを力いっぱいに掴み、無様に足先まで力を込めるしかできない。

その一方で、肉襞はぎゅうぎゅう彼に吸い付いて何度も痙攣を重ねていた。

視界がチカチカする。

痛みと快楽がお腹で渦巻(うずま)く。

黒川さんが笑った。

「かわいい」

そう呟いてから、私のお臍(へそ)の下あたりをゆっくりと撫でる。

「はぅっ」

びくっと腰を跳ねさせる。

電気でも流されたかのように、皮膚がぴりぴりしていた。

「初めて、ではないよな？」

確認するような声に、慌てて頷いた。

嘘をついた。

だって、彼氏がいたことがあるのに触れられもしたことがない、そんな魅力がない女だって――

今さらだけれど、思われたくなかった。

黒川さんがふっと息を吐き「そうだよな」と不思議な表情をして言う。

「君は魅力的だから――」

「そ、そんなことは。ただ、その、すごく久しぶりで……」

嘘をついた罪悪感もあって、目を逸らす。そんな私を、黒川さんは「そうか」とひとこと呟き、抱きしめる。ぐっと屹立がナカを押し広げた。

「なら、ゆっくりしような、彩葉。な？」

子供をあやすような声で彼は言って、私の頭に頬擦りをする。そのあとこめかみにキスをされ、耳を優しく撫でられる。

（エッチって、こんな感じなんだ……）

ポワポワする意識の中、そんなふうに感じる。

こんなに甘く大切にされるとは、思っていなかった。黒川さんが経験豊富で、余裕がたっぷりあるからだけかもしれないけれど。

そんなことをつらつら考えているうちに、やがて痛みはじわじわと甘いものに変わっていった。痛いほどの切なさが、お腹の奥に蘇る。

すると、ゆっくりとナカの粘膜がうねるのが分かった。自分の意思とは関係なく、彼の屹立を奥まで咥え込もうとする淫らな本能に自分でもたじろぐ。

「あ、やだ、どうして……」

自ら足を大きく開き、ゆらゆらと腰が揺れてしまう。粘膜がわずかに擦られて死ぬほど気持ちがいい。自分が怖くて、少し涙目になる。

「んっ、きもちぃ、の」

「……っ、彩葉。あまり煽らないでほしい」

「ん、っ、わざと、じゃ……」

答える声がいつもの自分のものでなくて驚いた。糖度の高い、甘える声だった。

「これくらい馴染(なじ)んだら、もう大丈夫か？　……正直、限界だ。思い切り動きたい」

彼の言葉に、ヒッと息を吸う。

相変わらず、腰は小さく動いていた。お腹の奥がゾワゾワと気持ちが良くて、蕩け落ちてしまいそう。

……ちょっと動くだけでこんなに気持ちいいのに。こんな状態で、彼に思い切り動かれたら……想像しただけでお腹の奥がきゅんっと切なく疼き、思わず声を上げた。

「無理……っ。気持ちよくて死んじゃう……」

「死なれたら困るな」

彼は穏やかな声でそう言いながら、ゆっくりと腰を引く。ズルズルと屹立が動き、それに粘膜が追い縋(すが)るのが分かった。咥え込んだ熱が再び欲しくて、最奥がきゅんきゅん蠢く。入り口だけが、ひきつれて痛い。

「黒川さぁん……」

半泣きで彼を呼ぶ。

どうして？　どうしてなんだろう、私、本当に初めてなのに！

……私、こんなにイヤらしい女だったの？　必死でシーツを掴みイヤイヤと首を横に振る。これ以上されたら、きっと戻れなくなる……！

ふは、と忠義さんが笑って私の頭にキスをする。

「そんなにかわいい顔されても、煽るだけだろうに」

「煽って、なんかっ……黒川さん、お願い……も、気持ちよすぎて、無理……っ」

くっと黒川さんは喉奥で笑う。

「忠義、だ。彩葉」

彼は私の目元を優しく指で擦り、それから大切なことのようにそう言うと、なんの躊躇もなく腰を一気に進めた。

いちばん奥、ふしだらな本能に則って下がってきた子宮の入り口が強く穿たれる。

出たのは喘ぎ声というよりも、悲鳴。

彼は私の腰を掴み、激しくそんな抽送を繰り返す。

ぐちゅぐちゅと粘膜が潤み蕩け出た液体がかき混ぜられ、子宮口はゴツゴツ突き上げられ、そのたびに肉襞が蠢いて彼に吸い付く。

「やぁ、あっ」

壊れる、死んじゃう、そう思うのに言葉が出てこない。

ただ喘ぎ、甘え、媚びるように叫んだ。

黒川さんは私を閉じ込めるように抱きしめる。大きな彼にそうされると、もう身動きなんか取れない。

それぞれ両手を繋がれシーツに押し付けられ、快楽を逃す手だてを完全に失い、無理やりに悦楽を与えられ続ける。

「ぁあ……っ」

もう何度目か分からない感覚に意識を飛ばしかける。

これが絶頂なのだと無理やりに理解させられた。涙までも零れ落ち、叫びすぎて舌先が痺れ、うまく呂律も回らない。

「は、ナカ、ぴくぴくして……イってるのまる分かりでほんっとかわいいな、彩葉」

私にのしかかったまま彼は言う。

「かわいい、彩葉。かわいい……」

感に堪える声で彼は繰り返す。その間も律動は止むことなく、ズルズルとナカを擦り、抉り、穿ち続けた。子宮までも痙攣している。

「ぁ、ああっ、あっ」

彼が動くたび、ただ声を漏らす。

じゅくじゅくになった肉襞を硬い熱で擦りながら彼は言う。

「彩葉。結婚しよう」

耳元で黒川さんは低い声で続ける。

「な？　幸せにする。セックスの相性もよさそうだし――君が望むなら毎晩だって抱いてやる」

ほら、と最奥を大きく肉張った先端でぐりぐりと抉られると、かわいげのかけらもない発情期の猫みたいな声が漏れた。

「クソ、かわいいな」

黒川さんはそう呟いて、その動きでまた達してしまった私の頭にキスをする。

「かわいい……かわいい、彩葉。な？　結婚してくれ」

それだけを繰り返しながら、彼は抽送を速めていく。

「あ、むり、むりっ、だめっ、死んじゃうっ」

「無理って何が」

「ぁあっ、だめっ、だめっ……」

「いやだ。止めない」

彼が私の顔を覗き込む。お互いのまつ毛さえ触れ合いそうな距離で私の目を見つめ、彼は続けた。

「イエスの返事以外欲しくない。彩葉」

ググッ……と奥をまた押し上げられ、私は絶頂で頭の中まで蕩けそうになりながら、半泣きで頷く。多分言うことを聞かないと、もっとひどいことをされる気がした。

「結婚してくれるのか？」

ん、と何度も頷く。

するから、もう、もう……これ以上されたら、本当におかしくなっちゃう。

そう思うのに、それは言葉にならないし、黒川さんは嬉しげに頬を緩めるし、なぜか黒川さんのがお腹の奥でぐっと硬さを増してしまうしでもうわけが分からない。

「んん――……っ！」

びくびくと大げさなほど震える私を彼は抱え込むようにして、抽送を激しくする。ぐちゅぐちゅと粘膜を擦る音と、腰が当たる音、黒川さんの荒い息が鼓膜を震わせる。

やがて、私のナカで彼のがびくっと欲を吐き出すのが分かった。黒川さんはぐっ、ぐっ、と何度か腰を動かしたあと、ゆっくりと私から出て行く。

「はあ……」

シーツに全体重を預け、やけに華美な部屋の天井を眺（なが）める。子宮から頭の芯まで全部が痺れていて、思考がままならない。

ただひとつ、分かるのが――私は結婚を承諾してしまった、ということ。

「どうしたものですかねえ……」

「何がだ？」

黒川さんの声に、横に目線をやる。

コンドームをティッシュに包んで捨てた黒川さんが、箱から新しいものを取り出していた。

「……ん？」

眉を寄せ、彼のその行動の意味について考えて――視線を黒川さんの下腹部へと移す。

彼の屹立が、再び熱を持って昂り始めているのが薄暗がりの中でも分かる。思わず息を呑み込む私にのしかかり、黒川さんがその強面を緩めて口を開く。

「悪いな。信じられないくらい興奮していて」

「黒川、さん、が？　どうして私に興奮なんか……っ、あ、久しぶりだから、とか？」

「忠義と呼んでほしいと言わなかったか？」

ん？　と強面を緩め、彼は私の唇を撫で、続けた。

「それと、確かに久しぶりだけれどそんな理由じゃない。君を抱けたことに興奮してるんだ」

「い、意味が分からないです……！」

混乱しつつも、シーツの上で身体を捩る。黒川さんがくっと笑いながら、自らの屹立を手で握り数回扱いた。

再びお腹につかんばかりに怒張したそれに、くるくるとコンドームを着けて私の太ももを掴み大きく開かせた。

「やっ」

入り口に肉張った先端をあてがったかと思うと、また一気に入ってくる。

「んっ……」

入り口は切れてしまっているのか、鋭い痛みが走った。けれど馴染まされたナカは、彼のものを悦んで締め付けて――

「すごいな、また締まった」

彼はそう言って、今度は最初から激しく動き出す。腰と腰がぶつかる音と、粘膜が蕩けていく音がする。

「ふ、ぁ、あっ」

腰を掴まれ最奥まで穿たれ、ただされるがままの私に彼は言う。

「正直、童貞捨てたときより盛ってる。最後まで付き合ってくれると嬉しい」

「む、りぃ……っ」

悲鳴みたいになんとか絞り出した私の声は、残念ながら完璧に無視されてしまった。

（は、初めてだって言っておけばよかった……っ！）

今さらながらそんな後悔が頭をよぎる。

さすがに処女と分かっていたら、もう少しお手柔らかに……そんな思考をかき混ぜるように彼の声が落ちてくる。

「は、彩葉、かわいい。気持ちいいな？」

私の唇を彼の親指が撫で、そうして口内に侵入してきた。私の内頬や舌を撫でながら、黒川さんが言う。

「吸えるか？」

疑問系を取りつつも拒否を許さない命令じみた口調に、うなじのあたりがゾワゾワと粟立つ。それは恐ろしいほどに官能的な反応だった。

黒川さんが「締まった」と喉奥で笑う。私はとろんとした意識で、言われたとおりに指を吸い、舌を絡める。

「いい子、彩葉。いい子」

黒川さんが甘く低い声で私を呼ぶ。

もう何も考えられない。

私は彼の指を吸い、屹立を咥え込み、ただ身体を揺さぶられる。

快楽に、うっとりと理性が蕩けさせられていく——

【二章】

笑顔ってどんなだっけ？

カメラに向かって笑顔を作りすぎて、もはや笑顔がなんだか分からなくなっていた。

「新婦様！　もう少し笑えますか～」

カメラマンさんの言葉に、キャンドルのトーチに手を添えていた私は必死で口角を上げる。私の横では黒川さん改め忠義さんがトーチを持ち、穏やかに微笑んでいる。

忠義さんが着ているのは、煌びやかな金の飾緒がついた、警察官の儀礼服だ。……正直なところ、背も高く面差しも相当に端正な彼によく似合っていた。

私はというと、アイスグリーンのカラードレス。ふんわりとレースが幾重にも重ねられたそれはとても気に入っていて、……気に入ってはいるのだけれど、私の人生でウエディングドレスを着ることになるとは想定もしていなかった。

チラッと忠義さんを見上げると目が合った。彼はあまりカメラマンさんに注意されない。

「怖い顔してるくせに笑顔は爽やか」

ついブツブツと文句を言うと、忠義さんは破顔する。

「褒めてるのか貶してるのかどっちだ」

「どっちでしょうねえ」

そう答えつつ、トーチの先のキャンドルの炎を見つめた。

カメラマンさんが嬉しげに声を上げる。

「さっき見つめ合ていらっしゃったの、すごくいいです！　とっても素敵な写真が撮れましたよ！」

「いつ見つめ合ってました？」

思わず聞くと、横で忠義さんがまた大きく笑う。――今日は私たちの結婚式だ。

いま季節は夏の終わりに差し掛かっていて、神戸の街ではツクツクボウシと生き残りのクマゼミが忙しない。とはいえ朝晩の風は秋らしくなってきた、そんなときに私と忠義さんは神戸の大きなホテルで結婚式を挙げることになった。

あれから――忠義さんにほとんど無理やりと言っていいくらい結婚を承諾させられたあと、信じられないくらいトントン拍子に式場が決まり、結納（という名の借金返済）やらなんやらを済ませて今に至る。

おかげで「ソナタ」は無事存続することになったし、私はアルバイトから雇われ店長へと出世することができた。……まあ、仕事内容もお給料も変わらないのだけれど。

それにしたって、さっきまでは純白のウエディングドレスで、今からはお色直しのカラードレスでキャンドルサービス……という、昔からよくある普通の結婚式に、どうにもふわふわと他人事のような感覚が拭えない。

実は国家公務員総合職の警察庁キャリア警察官で兵庫(ひょうご)県警の刑事部長さん、階級は三十代半ばですでに警視正だとかいう忠義さんのお仕事の関係で、かなり豪華な式になってしまったのも一因だろう。

「ではお二方、ドア開きますので！」

ホテルのスタッフさんが披露宴会場の両開きの扉を開く。

『新郎新婦様、キャンドルサービスでのご入場です！』

司会の女性が明るくアナウンスすると、会場から大きく拍手が生まれた。

照明の明るさに一瞬目を細める。視線を感じて目を向けると、忠義さんが私を見下ろして強面(こわもて)の頬を緩めていた。

「なんですか？　何かついてる？」

「いや、綺麗(きれい)だなと」

「え、今さら……」

式のときの白のウエディングドレス姿にもなんの反応もなかったのに、何を急に今さら……？

眉を上げて見せると忠義さんは言う。

「違うんだ。綺麗すぎて……ずっと言葉が出なくて」

「どうせこの体型にはドレス似合いませんよ～」

「バカな。似合ってる、世界一綺麗だ」

飄々(ひょうひょう)とした口調は明らかにお世辞。そうだってきちんと分かっているのに、頬が少し熱くなる。

「そんなこと……」

『新郎新婦様〜、いちゃついてないでご入場をお願いいたします〜！』

司会の女性の声にハッとして視線を会場に戻すと、ものすごく生ぬるいニヤニヤした会場中の視線がこっちに向いていた。

「ち、ちが」

「違わない。行こうか」

忠義さんはやけに上機嫌に私のこめかみにキスを落としてから腰に手を回してエスコートしてくる。私の友達のテーブルからは、悲鳴みたいな声が上がった。

「ああああああ」

頬が熱い！　頬どころか首まで熱い！

「恥ずかしくて死ねる！」

叫ぶ私に忠義さんは「いいだろ」と飄々としたものだった。相変わらず余裕たっぷりなのは、私とこういうことをしても照れたりしない——つまりは恋愛感情がないからなのだろうことは簡単に予想がつく。

「結婚式くらい、人前でいちゃついたっていいだろう？」

「よくない……！」

だって私たちは結局相思相愛というわけじゃないのだし、という言葉はぎりぎり飲み込んだ。

そうして、こっそりとため息をつく。からかうのが楽しいのかもしれないけれど、いい加減にしてほしい。

「彩葉（いろは）～、すっごいイケメンの旦那さんやん～」

「いいなあ～。ふたりとも幸せそ～」

「こめかみにチューとかやばいよ！　写真撮ったから送るねっ！」

友達に散々からかわれ、おそらくは真っ赤な顔のままテーブルに火を灯し、移動していく。

「警視正、そんな緩んだ顔されるんですね」

忠義さんの部下の方が集まっているテーブルでは驚きが満ちていた。

「いつもこんなです？」

近くにいた男性に聞かれ、微（かす）かに首を傾（かし）げながらも頷（うなず）く。ヒュー！　と謎に歓声を浴びながら次のテーブルへ……と、酔い潰れかけた伯父さんが私にカメラを向けてきた。

「彩葉！　ピース。ピース！」

その横では留袖姿のお母さんが号泣している。

「彩葉、似合ってるわ」

そんなお母さんの肩を抱いて、モーニング姿のお父さんも泣いている。

「幸せになるんだぞ……」

「あ、うん……」

そこまでされると、逆に冷静になる。

私から結婚願望を根こそぎ奪った両親は、今日もラブラブのようだった。……せめて今日は喧嘩（けんか）

しないでほしい。伯父さんは明後日の方向にカメラを向けて上機嫌だった。

忠義さんの親戚の席は案外あっさりとしていた。——離婚した夫婦が息子の結婚式で再会、とか緊張じゃないですか、とか思っていたのだけれど。婚約してすぐ別々に挨拶に伺ったご両親は、ものすごく淡々と私たちを祝ってくれた。

……他人になれば、愛情とかもなくなる代わりに憎しみみたいなのも消えていくのかもしれない。何せ「赤の他人」なのだから、存在を無視してしまえばいい。

私はちらりと忠義さんを見上げた。いつも以上にキリッとしている彼——彼とも、もし離婚したらこんなふうに淡々とした関係になるのだろうか？

私たちはお互いの利害が一致しただけの関係だ。離婚の可能性は普通の——いわゆる相思相愛のカップルより高いのじゃないかと思う。

（……それは、寂しいな）

なぜだか、そんなふうに思う。


「すっごく綺麗やったよ～」

新婦控え室に来てくれたのは、高校からの親友、里依紗だった。私も忠義さんも、お互いあまり家庭環境に思いを馳せたくなかったせいで披露宴自体は豪華でもプロフィールムービーや両親へのぬいぐるみ（生まれた時の重さのやつ）贈呈がなく、感動する箇所が一切なかったと思うのに、それでも里依紗はぼろぼろにメイクが崩れていた。

「ああ、彩葉が、嫁に……おめでとう、ほんまにおめでとう」

「あはは、ありがと。でもこの間も言ったけど、忠義さんとは……」

世界中で里依紗にだけ、私は忠義さんとの結婚について相談していた。好き同士の結婚じゃないってこと、五百万って金額のこと。スタッフさんが席を外して今はふたりきりだから、気兼ねなくそのことを口にする。

するると里依紗は眉を思い切り上げて私の肩を掴む。

「いやそれよ。それを言おうとしにきてん」

「え、何?」

そう言ったときだった。

コンコン、とドアがノックされて――ウエディングドレス姿の女性が控え室にするりと入ってきた。ものすごく綺麗な人で、つい目を瞬かせてしまう。

「こんにちは。ご結婚おめでとう」

関西のイントネーションでそう言われて私は首を傾げた。

「ええっと」

どちらさま、と思っていると横で里依紗か「あっ!」と叫ぶ。

「平山有希乃……! さんっ」

慌てて「さん付け」した里依紗に平山さんとやらはゆったりと笑う。

「ごめんなさいね。実はさっき黒川さんが挙式された教会で撮影があるの。ふたりのお式を遠くからお見かけして、素敵だなとご挨拶に寄らせていただきました」

「わー！　わー！　いいな彩葉！」

キョトンとしている私と、テンションの高い里依紗。これは知らないと失礼なパターンのやつだ
……！

「あ、あのっ、ありがとうございますっ」

慌てて立ち上がり頭を下げると、平山さんは「お幸せに、ね」と目を細めて部屋を出て行く。少しだけ歩き方がぎこちないのが気になった。靴擦(ず)れでもしているのかな……？

「いいなー彩葉、平山有希乃にお祝いされてるぅ」

「……ごめん、どなただったのかな」

「エッ！」

里依紗が目を丸くした。

「知らないの平山有希乃？　ＳＮＳでめっちゃ人気あるモデル？　インフルエンサー？　そんな感じの人やで」

「モデルなのインフルエンサーなの」

「読者モデル？」

「とにかくすごい人なんだあ」

どうりで綺麗なわけだ、と小さく頷いた。靴擦れだろうがなんだろうが、モデルさんだから高いヒールを躊躇(ちゅうちょ)なく履くのだろう。

「かっこいいな……」

「何がよ」

「あ、ごめんなんでも……ところで里依紗。さっき何か言いかけてなかった？」

「ああそう、それよ！」

里依紗はぱん！　と手を叩いた。

「旦那さん、絶対あんたにベタ惚れやん」

「はー？」

私はメイクさんによって人生史上最高に綺麗にされた眉毛を寄せ、里依紗を見つめる。

「なに言って……」

「いや、どーう考えてもそう。なんなん、あの愛おしいですっていうのを隠さない態度」

「あー、いや、うん……スキンシップ多いよねあの人。慣れてるんだよ顔がいいから。常に余裕っぽいし時々ムカつくよね」

「ぜーったいちゃうって！　惚れとるってあれは！　惚れ込んどる！」

「いや、聞いて里依紗。言ったよね、前に聞いたんだって。私のこと好きなのって」

正確には『相思相愛になりたい？』だけれど。返答ははっきりと『ＮＯ』だった。

「照れとっただけちゃうん！」

「違うって～」

そうかなあ、と納得していない顔で里依紗は言ってから続ける。

「来月から新婚旅行やっけ」

「そう。わざわざいいって言ったんだけど」

「愛されてるからちゃうん」

「や、お仕事的に単に体面とかあるからじゃない？」

「ドイツだっけ？　旅行中もラブラブしてそ～」

両手を組んでピンクのハートを飛ばしてくる里依紗に私は目を眇めて答えた。

「や、ないでしょ。当初の目的達成してるんだから、あのテンションも落ち着くんじゃない」

「愛を信じられない女よねえ～」

昭和の歌謡曲のようなことを言って、里依紗は小首を傾げた。思わず吹き出しながら口を開く。

「そんなことない。事実なだけ。ドイツ旅行だってオクトーバーフェストに合わせて行くの。きっと私といても暇だから、せめてビールでも飲もうって腹なんじゃない」

「えー？」

「いいの、私は私でドイツコーヒー堪能してくるし」

本気でそう答えたし、そうなると確信していた。

忠義さんが結婚したがっていた最大の理由は「お見合いが煩わしい」なのだし、……どうやらもうひとつ「秘密」があるみたいだけれど、それは私とは関係のないことだろうから……

だから結婚式が終わってしまえば、彼は私から関心をなくすのでは――と思っていた。

私も別段、それが寂しいとも悲しいとも思っていなかった。けれど、忠義さんは結婚式のあと、最上階のスイートルームで私をお姫様のように扱う。

「忠義さん。何してるんです……？」

「ウエディングドレスを堪能してる。さっきは緊張してちゃんと見れていなかったからな」

淡々と答えて、彼は私の髪の毛をさらりと撫(な)でる。二次会のあと、宿泊する部屋に案内されるやいなや、またウエディングドレスを着せられたのだった。

天井まであるはめ殺しの窓からは、夜の神戸港の夜景が一望できた。暗い海を行く大きな船の澪(みお)が、港の灯りで白くぼんやり浮き上がる。

私は窓際の大きな革張りのソファで、白いタキシードを着ている忠義さんの膝の上に横向きに座らされ、困惑しながらウエディンググローブをした手を弄(いじ)る。

さすがに髪のセットは無理だけれど、ティアラやイヤリングまで元のとおり着けられてしまったのだから訳が分からない。

「ふあ……」

訳が分からないなりに、すっかり眠くなってあくびをすると、忠義さんが柔らかく笑う。

「疲れたか？　悪いな、付き合わせて」

「ですよ。なんでまた着なきゃいけないんです」

「目に焼き付けようと思って」

私を膝に乗せ上機嫌に忠義さんは目を細める。セミオーダーのドレスは明朝に衣装室の方がクリーニングのため引き取りに来てくれる手はずだ。

「焼き付ける？　そんなことしてどうするんです」

「……どうするんだろうな？」

少し驚いたように彼は笑う。

「俺にも分からん」

「なんですかそれ」

思わず目を瞬くと、額にキスが落ちて来た。

「忠義さん、機嫌いいですね」

「そうだな、やっと伴侶が手に入った」

「なるほど」

くすっと笑ってしまう。彼にとって目下最上の命題だった「伴侶を手に入れる」が達成されたわけで、その成果を目に焼き付けようとしているらしい。

「ならたっぷり堪能してくださーい、あなたのお嫁さんでーす」

忠義さんの膝の上でふざけて手を広げて笑って見せると、彼は本当に嬉しそうに私を抱きしめた。その彼の唇がゆっくりと首筋を這う。

官能的な動きに、ぴくっと肩を揺らした。

「……抱きたい。ダメか？」

甘い甘い声で囁かれて、お腹の奥がほんのりと熱くなる。小さく頷くと、彼の手にわずかに力が入る。

「……嬉しい」

甘やかな声に目を閉じた。甘やかすように彼が優しく私の頬にキスを落とす。

こんな感じで甘やかされるのは、実はそんなに嫌いじゃない。ただ、そう長くは続かないだろうと思うとちょっとだけ……ほんとうに少しだけ切ない。

けれど、仕方ないと思う。彼は目標を達成したのだから——

新婚旅行だって、本当に個人行動になるのかも。まあそれはそれで仕方ない。

私は私で楽しもう。

確かにそう思っていたのに——


忠義さんは予想を軽く超えてきた。

「っ、ひゃぁ、……んっ」

ぐちゅぐちゅと粘膜をかき混ぜる音がする。

窓から見える午後六時半のミュンヘンの街並みはオレンジ色の夕陽に染められていた。十月まではサマータイムでもあるドイツは、日本より陽が長く感じる。

新婚旅行で忠義さんが予約してくれていたミュンヘンの老舗(しにせ)高級ホテルのベッドは無駄(むだ)に広いのに、私に快楽を与え続ける男からの逃げ場はない。

男の人らしい筋張った手は、うつ伏せになった私の太ももをがっちりと掴み足の間に顔を埋め、ナカの肉襞を舌で掻き回していた。

私は枕にしがみついて半泣きで喘ぐことしかできない。

アンティーク系の調度品が上品な部屋に、聞くに耐えない淫らな水音が響く。

「ぁ、忠義さんっ、もう、やめて……っ」

お腹の奥が充血していく感覚に腰を揺らして懇願する。子宮がわなないて、奥が慰めてほしくて切なくて痛い。

婚約以降、すっかり彼に馴染まされ素直にされてしまった身体は私の意思なんか無視して、勝手に疼き、熱を孕む。

「やめてどうするんだ?」

忠義さんが身体を起こし、半分枕に埋められた私の顔を覗き込む。その頬が微かに赤いのは、夕陽に染められただけじゃないとはっきり分かる。

目が、その表情が、明らかな情動でぎらぎらとしていた。

「あ、の……」

挿れて、と言えずに唇を噛む。

忠義さんがわざとらしく自らの唇を舐める。彼の唇がぬらぬらと濡れているのは、私が溢れ出させた液体のせい。

「うー……」

「彩葉、言えないのか?」

そう言って忠義さんは、シーツと胸の間に手を差し入れる。そうして先端をぎゅっと摘み、ゆすった。

「ぁ、ああっ、あ……っ」

腰が揺れる。太ももを擦り合わせてしまっていた私を見て、忠義さんは嬉しげに目を細めた。

「エロいなぁ」

「っ、いじわる……」

涙声でそう答えた私の胸から手を離し、彼はベッドの上に座る。私を抱き上げ膝の上に向かい合わせに座らせ、じっと顔を覗き込んだ。

「ほら」

そう言いながら、すっかり硬くなった自身を私の入り口に擦り付ける。

「ぁ、あんっ、あっ」

とろとろと蕩けた粘液が溢れ、彼のに絡みつく。私は必死で屹立に手を伸ばし、両手で掴んで彼を見上げた。

「お願い、これ、ちょうだい……」

忠義さんが天を仰いだ。キョトンと見つめていると、忠義さんは私をぎゅうっと抱きしめて、それからベッドの隅っこに置いていたコンドームの箱に手を伸ばす。

「忠義さん？」

「彩葉」

彼は私を呼んでから難しい顔をして屹立にコンドームを着け、私の腰を軽く持ち上げる。

「エロいのもいい加減にしてくれ」

「え？　——ッ、ぁあ……っ」

いちばん奥まで、ズブズブとずっと欲しかった硬い熱が入ってくる。ナカの肉襞が悦んで彼を締め付け、痙攣する。

「ぁ、あっ、あっ」

私は彼にしがみつき、その肩口に顔を埋めた。

挿れただけでイってしまったナカは、きゅっきゅっと収縮し続けている。

「はー……」

忠義さんが私を抱きしめて掠れた息を吐く。それから私の腰を掴み、下から容赦なく奥を突き上げてくる。

「あ、あっ、あ、あんっ」

その律動に合わせ、私はふしだらに喘ぐ。

それしかできなかったから。


「腰がだるいです……」

夜十時までミュンヘンの旧市街にある公園で開催されているオクトーバーフェスト。ずらりと並ぶビールやウインナー、その他にもソフトドリンクやプレッツェルなんかを売っている屋台は、陽がすっかり暮れたいま、電飾で明るく照らされていた。

ひしめく人波、行き交う人はほとんどの人がビールグラスを手にしている。

移動遊園地の観覧車や小さいながらもしっかり怖そうなジェットコースターからは、楽しげな歓声が響いていた。

「ほんとにだるい」

厚手のストールを首に巻き直しながらもう一度言うと、忠義さんが私を見て首を傾げた。

「寒いせいかな。何か温かい食べ物でも……」

「あなたの！　せいですっ」

私は軽く彼を睨みつける。忠義さんは肩を揺らして楽しげに笑う。彼が持っているグラスの中のビールがゆらりと揺れて、公園を照らし出す照明をきらりと反射した。

「もう」

「いいだろ、新婚旅行くらい」

飄々と彼は言う。目を細めて私を見る仕草は、本当に幸せそうで——ちょっと分からなくなって、その実直そうな瞳をまじまじと見つめた。

ふと里依紗の言葉を思い出す。

「こんなことを聞くと自意識過剰かもしれないんですけど」

ぽろっと言葉が溢れて、やっちゃったなと思いつつ忠義さんを見上げる。忠義さんは私を見下ろし、それから苦笑して私の手を握る。大きな手は、既に気温が十度を切っている秋のミュンヘンでも、不思議なほど温かい。

「心配しなくても相思相愛は求めてないから安心してくれ。そういうの、煩わしいだろう?」

彼の言葉に、目を瞠る。心臓がほんの少し、つきりと痛んだ。『そういうの、煩わしい』……かあ。

彼は恋愛感情を求めてない。そんなの、最初から分かってたのに。

どうしてだろう。胸が痛いの。

そしてそれは、どうやったって言語化できなくて——

「本当に分からない。私を甘やかして、何がしたいんです忠義さん」

掠れた声で彼を責めるしかできない。

繋いだ忠義さんの手に、ほんのわずか、力が入る。そうしてゆっくりと唇が動くのを、私はただ見つめていた。発されたのは、思った以上に乾燥した返答。

「……君には関係ないことだ」

忠義さんの少し突き放すような声音に目を瞬く。関係ない……

忠義さんが眉を下げ、続ける。

「悪い。変な意味じゃないんだ。ただ、君といると楽しいから、ついはしゃいでしまう。煩わしい思いをさせたのなら」

「あの」

私は少し口ごもる。何を言えばいいか分からない。『関係ない』なんて言われたのは悲しいし、ちょっと寂しい。

けれどきっとそれは事実なのだろうから——そこはもう、呑み込むしかない。

（……実際に関係ないんだろうから、ね）

ちょっとだけ自嘲気味にそう考えたあと、思考を明るい方に切り返る。

そう、せめて素直になるのなら。

「私も忠義さんといるの、楽しいです」

「――――！」

忠義さんが目を丸くする。それからふっと頬を緩め、手の繋ぎ方を変えた。指を絡めて、まるで相思相愛のカップルみたいに。

ほわっと頬に熱が集まる。……なにこれ！

私は左手で頬に触れる。めちゃくちゃ熱かった。ど、どうして！

「彩葉？」

忠義さんが私を覗き込んでくる。ばちりと目があった。

ああどうしよう、恥ずかしい、恥ずかしいよ！

ずるい、関係ないとか煩わしいとか距離は取るくせに、こんなに甘く優しくするの、本当にずるい！

「あ、あの、観覧車、乗りたいです」

ぐるぐるした思考でなんとか誤魔化すようにそう言うと、忠義さんは「ああ」と観覧車の方に目線を向ける。

「そうだな。今なら空いているようだし――」

広場の方で何やらイベントが始まったせいで、移動遊園地は少し人出が引いていた。観覧車の列に並ぶと、割合すぐに乗ることができた。

「わあ……」

窓ガラスに手をつき、ゆっくりと広がっていく視界に歓声を上げる。照明やイルミネーションが光の粒のように煌めいて、可愛らしい伝統的な飾りや屋台は、小さい頃に遊んだミニチュアのお人形のおもちゃみたいだった。

柔らかな金色の照明が窓ガラス越しに入り込んできて、夜だというのにまるで秋の日の光に包まれているようだった。

「きれい、かわいい、すてき」

「君、本当になんでも口に出るな」

向かいの席で忠義さんが笑う。金色が陰影を作り、強面気味な彼を柔らかく彩った。

「そ、その割に語彙力少なくてすみません」

気恥ずかしくなって憎まれ口を叩く。そんな私に忠義さんはさらに頬を緩める。

「素直でいいって褒めてるんだ」

そう言って彼は軽く身を乗り出し、私の頬に指先で触れた。

「あ……」

ゆっくりとお互いの唇が近づいていく。吐息がかかり、それが妙に艶めかしくて視線を逸らして目を閉じた。

唇が重なる。

触れるだけのそれが、何度も角度を変えて――と、ガクン！　と観覧車が揺れた。ぱっと顔を上げた瞬間には、忠義さんの腕の中にいた。床に空のビールのグラスが落ちて転がる。

「な、なに⁉」

「トラブルかな」

私を抱きしめ庇(かば)うようにして忠義さんは落ち着いた声で言った。ややあってドイツ語で放送が入る。

「やはり機器トラブルらしい。五分ほどで動くそうだ」

「そー、ですか……」

忠義さんは私を抱えたまま、椅子(いす)に深く座り直す。私は彼の肩口に横向き頭を乗せて、窓の外を見た。

可愛くてきらきらしい夜景が、ゆっくりと滲(にじ)んでいく。目が熱い。小さくしゃくり上げた。――怖いわけじゃない。なのに、どうしてだろう。

あまりにも今が、きらきらしていて。

まるで琥珀糖(こはくとう)に包まれたようなこの時間が、とてつもなく愛おしくて。

「彩葉。大丈夫だ」

柔らかな声。安心させるように背中を撫でる大きな手と、彼の体温、それからにおい。

それら全てが尊くて、得難いもののように思えた。感情の意味が分からない。

ゆっくりとゴンドラが動き出す。ほら動いた、と子供を安心させるような口調で彼は言う。

地上に着いてドアが開いても泣き続けていた私を縦抱っこして忠義さんは降りてくれる。係のおじさんがギョッとして私を見て、申し訳なさそうに眉を下げた。

忠義さんが彼とドイツ語で何回か会話すると、おじさんは「ゴメンネ」と日本語で言って私に棒付きキャンディーを握らせる。

「え、わ、あのっ」

観覧車のせいで泣いているわけじゃなかったから、慌てて首を振る。けれど無理やり握らされて微笑(ほほえ)まれ、頭を下げて受け取った。

「美味しそう」

泣きすぎたせいでぼうっとした頭で、透明なセロファンに包まれた丸いキャンディーを見る。そこでようやく気がついた。

私、抱っこされたままだ！

「お、下ります！」

人波を私を抱えて歩きながら、忠義さんは笑う。

「嫌だ」

「い、嫌だとは？」

「嫌なんだ。下ろしたくない」

そう言って優しい声で続ける。

「もう今日はホテルへ帰ろう」

「え、ごめんなさ……！　忠義さん、全然お祭り遊べてない。私なら平気だから」

慌てて言う私に忠義さんは笑って、本当に抱き上げたままホテルへの道のりを歩く。

道行く人の大半がアルコールを摂っているせいか、雑踏にはふわふわした、どこか夢みたいな雰囲気が漂う。私はそこを夫に抱っこされ、片手には棒付きキャンディーを握りしめて進む。

賑やかな音楽、駆け抜けていく子供たちの、伝統衣装の裾が照明に浮かされるようにひらりと翻る。紅白のサーカスの天蓋に、木製の屋台。琥珀糖みたいな灯がちらちらと光って、非現実感で頭がぼんやりとしてくる。夢みたいだ。

ぎゅ、と忠義さんが私を抱きしめ直す。私の鼻の頭が、彼の首筋に当たった。

彼の体温や、においや、肌触りを、なぜだか覚えておこうと思った。

ふっ、と忠義さんが微かに笑う。

「くすぐったい」

低い声がひどく甘い。

とても、幸せだと思った。


結婚ってもしかして、そんなに悪くないのかも。

そんなふうに思い始めたのは、季節が冬へとすっかり移り変わったあたりだった。

結婚という目的さえ果たせば私に興味を失うだろうと思っていた忠義さんは、相思相愛でもないのにこういう言い方もなんだけれど、ひどく愛妻家のようだった。

新婚旅行から帰国して、一緒に暮らし始めた彼のマンションでの日常が始まっても、彼の態度は変わらなかった。

仕事のことはずいぶん機密が多いらしく話してもらえないし忙しそうではあるけれど、それ以外のプライベートな部分は完全に私優先で、驚くほどに甘い。

私の体調以外で夜に組み敷かれなかったことはないし、家事にせよなんにせよ、私をいつも気遣って行動してくれているのが分かった。

もしかしたらそれは、仕事ばかりで奥さんに——つまりお義母さんに出て行かれたお義父さんを見てきたからかもしれないけれど。

一緒にいて心地よい人と暮らすのは、驚くほど私にとって幸せなことだった。

決定的ではないせよ、瑕疵（かし）を抱えた家庭で育った私たちはお互いの結婚相手としてちょうどよかったのかも、とさえ思う。

けれどそれは、私たちが愛し合っていないからこそだ。お互いにどろどろした感情を持ってしまえば、一気に崩れ去っていく幸福だ。

だから、私は心臓にある琥珀糖みたいな感情を見て見ぬふりをする。

「悪いな、どうしても紹介しろとうるさくて」

「いえ、大丈夫です」

すっかりクリスマス一色になった神戸の街を並んで歩く。ぴゅうっと吹くビル風は昼間だというのにとても冷たいけれど、忠義さんが握ってくれている右手はとても温かい。

忠義さんの仲のよい同期の方が、挨拶をしたいとわざわざ神戸まで来てくれたのだ。

「式のときはちょうどアメリカへ赴任していたらしい」

「海外でのお仕事なんてあるんですか？　お忙しいんですねえ」

まあな、と同じくらい忙しいはずの忠義さんがさらりと言う。

同期さんが指定したお店は、元町の中華街近くにある餃子屋さんだった。こぢんまりとした店舗からは、お腹が空いてしまう餃子の香りが漏れ出ている。

「餃子……？」

思わず首を傾げた。

「ああ、篠原と言うんだが、大学がこっちなんだ」

忠義さんが挙げたのは、神戸の隣、西宮にある有名私大の名前だった。

「それで、せっかく帰国したからな。どうしてもここに寄りたかったんだと」

「そうなんですね」

納得しつつお店に入る。お店は一見すると個人営業のラーメン屋さんみたいな雰囲気だ。日焼けしたメニューに書かれているのは餃子とビール、烏龍茶だけ。L字の赤いカウンター席に、同じような赤のテーブル席。そのテーブル席のひとつでビールジョッキに口をつけていた熊みたいに大きな男性が「よお！」と快活に手を挙げた。

「黒川、元気そうだな。かわいい嫁さんもらって鼻の下伸ばしてるのは田上から聞いてる」

「相変わらずだな、お前」

忠義さんが苦笑して、私を連れて篠原さんの向かいに腰掛けた。カウンターの向こうの店員さんに、篠原さんが勝手に注文する。

「餃子五人……いや六人前。あと生ふたつ。黒川は呑むだろ？　彩葉ちゃんは烏龍茶？　それともいける口か？」

いきなり親しげに呼ばれて目を瞬いた。それでも嫌な感じがしないのは、彼の人懐こい雰囲気があるからだろう。

けれど忠義さんはムッとした顔で「おい」と眉を上げる。

「勝手に他人の嫁を〝ちゃん〟付けするな」

「おい寂しいな、同じ釜の飯を食った同期だろうがよ」

軽口を叩きつつ、篠原さんは片方の唇を上げ、私を見た。

「黒川とは、警察学校の寮で同じ部屋だったんだ」

「あ、それで仲いいんですね」

「親友ってやつだ。なあ黒川」

「言ってろ」

片眉を上げて呆れ顔をする忠義さんだけれど、仲がいいのは本当だろう。

「彩葉、無理して呑まなくても」

「いえいえ、たまには昼からビールもいいですよね」

店員さんが「全員ビール！」と大声で言うと、店の隅に座っていたお人形みたいなかわいいおばあちゃんが機敏に動き出してびくっとしてしまった。ここのおばあちゃんだったらしい。

「あのばあさん、オレが大学の頃からあんなだよ。一体何歳なんだろうな……」

篠原さんがぼそりと言って、残っていたビールに口をつけてから目線をこちらに向ける。

「いやあ、それにしたって黒川が結婚するとはなあ。色々と事情は複雑みたいだけれど」

「篠原」

すっ、と忠義さんの声のトーンが低くなる。篠原さんは肩をすくめた。

「悪い悪い」

そのタイミングで、おばあちゃんが生中を運んできてくれる。会釈して受け取り、口にしながら忠義さんと篠原さんを交互に見た。

忠義さんが目を眇めて篠原さんを軽く睨んでいる。篠原さんはどこ吹く風だけれど……なんとなく聞きづらいけど、どうやら篠原さんは私たちの結婚についての事情を把握しているらしかった。

「忠義さんがそんな話をするなんて……篠原さんって、本当に忠義さんの親友なんですね」

「そうなんだよ」

「彩葉、やめてくれ。たまたまこいつと呑んだときに口を滑らせただけだ」

なんて言うけれど、忠義さんが「口を滑らせる」ような性格の人じゃないのは知っている。ついニヤニヤしてしまうと、忠義さんが少し拗ねた顔をして驚いた。

こんな幼い表情もするんだ……！

いつも余裕たっぷりの大人な表情しか知らない私は、ちょっとだけ篠原さんが羨ましい。

「……なんだ」

拗ね顔を引き締めて私を見る彼の顔を「なんでもー？」と言いながら覗き込む。

「やめてくれ」

「えー、どうして。さっきみたいな顔、またしてください」

「さっきみたいな顔ってなんだ」

「かわいい拗ね顔？」

「……してない」

やけにキリッとした表情で言われて、ぷっと吹き出してしまった。

篠原さんはそんな私たちを見て目を丸くする。

「思った以上に仲良くやってるみたいで何よりだよ。どうだ彩葉ちゃん、こいついい男だろ」

急に話を向けられ、慌ててビールを飲み込んだ。

「ええっと」

視線を感じて忠義さんの方を向く。どことなく探ってくる眼差しに身じろぎしつつ、小さく「はい」と頷く。少しだけ、頬が熱い。

篠原さんが「そうだろ！」と大きく笑った。忠義さんは反対側に顔を向けているけれど、耳が赤い、気が、する……。

「黒川はアレだ、出世頭だぞ。いい男捕まえたよなあ彩葉ちゃん。こいつは特例なんだ」

「特例……ですか？」

目を瞬いて首を傾げた。篠原さんは「そうそう」とビールを飲みつつ破顔する。

「総合職……キャリア官僚、って自分で言うのもアレなんだけど、とにかくオレたちは階級の出世のスピードは変わらないんだ。オレも階級は同じ警視正だし。でも大規模県の部長職は、通常なら四十前後で着任すりゃ早い方」

「へえ」

思わず忠義さんを見た。彼は苦虫を噛み潰したような顔をして篠原さんを見やる。

「篠原、適当なことを……俺は単に前任者の尻拭いだ」

キョトンと忠義さんを見ると、彼は肩をすくめてスマホで少し古いニュースを見せてくれた。

「……証拠改竄？」

「そうそう、それも部長……黒川の前任者の指示で」

懲戒処分された前任の部長さんの代わりに抜擢されたのが忠義さん、らしい。

「かわいそうに、こいつ実務ができすぎるせいで、そういうヤヤコシイ場所ばっか異動して回ってんだよ。でもまあ出世頭なのは間違いないから。支えてやってくれよな、気苦労ひどそうだし」

そう言うなら替われ、と不服そうにする忠義さんを見て、出会ったばかりの頃を思い出す。なんとなくギスギスしていて、疲れていた忠義さん……

いつの間にか、柔らかな視線が向けられるようになった。

「が、頑張ります」

「よかったな！　新妻に愛されてて」

「……愛されてて、とは、違うんじゃないか」

　こちらを向いた忠義さんの表情はいつもどおり。心臓で琥珀糖が軋む。そう、私たちの間に恋愛感情なんて必要ない。

「人として、とても好きです」

　私はそう答える。忠義さんは目を細めて頷いた。それでいい、って言われてるような気がして心臓がきゅっとした。

　寂しく思う必要なんかないのに……！

　私は気分を切り替えようと「せっかくだから」と前置きして続けた。

「忠義さんたちのお仕事のこと、色々聞いてもいいですか？　私、よく分かってなくて」

「はー？　お前、何も説明してないのかよ」

　呆れたように言う篠原さんに、忠義さんは憮然と言い返す。

「まさか。ちゃんと伝えてる。国家公務員の警察庁警察官で、警視正。来年には東京に戻る」

「お前なあ。それで伝わってないから質問が出るんだろ。抱え込まれるよりよほどいいけどな……よーし彩葉ちゃん、オレがレクチャーしてやる。何が聞きたい？」

「ええと」

　首を軽く傾げてから口を開く。

「警視正って何をするんです？」

「まあ色々だな。現場だと黒川みたいに道府県本部の部長をしたり、大規模署の署長だったり。警視庁なら課長で、警察庁だと理事官クラスだな。オレは外務省出向中」

「外務省？　そんなのあるんですか」

「あるある。一等書記官って言ってな、要は外交官か」

私は目を丸くした。篠原さんは忠義さんが出世頭だとか言っていたけれど、篠原さんも相当すごい人なんじゃないだろうか。

「忠義さんは刑事部長さん……ですよね？　捜査とか担当ってことですか？」

「捜査のマネジメントって感じだな」

篠原さんはビールをグビグビ呑みながら答えてくれた。

「マネジメント……」

「現場に行って犯人と格闘とかはないから、そこは心配しなくても大丈夫ってことな」

篠原さんは私を安心させるよう、そう言ってから続けた。

「まあ黒川、色々有段者だからそこまで心配ないけどな」

「え」

思わず忠義さんを見るも、不思議そうに見返された。

「警察官だからな。警察学校で柔道や剣道、黒帯取るまで扱かれるんだ」

「キャリアなのに？」

「キャリアでもだなー。訓練で催涙ガス浴びるしな」

篠原さんの言葉に「あれは最悪だった」と忠義さんが鼻に皺を寄せた。相当イヤな思い出らしい。

「ま、そもそも黒川は合気道も有段者だったしな。元から強いよ」

「空手バカに言われたくないな……」

忠義さんがふっと笑う。空手なんて、篠原さんのイメージどおりすぎてつい笑った。

「そういえば、篠原さんは神戸の私立大学出身なのですね。私、ドラマとかのイメージで官僚さんってみんな旧帝大なのかと。学閥みたいなのがあって、こう、ちょっとどろどろっていうか」

「あっは、それは彩葉ちゃん、ドラマの見すぎだな」

篠原さんが快活に笑い、忠義さんが会話を引き取った。

「学閥もまあ、あるにはあるが……あくまで参考程度だな。警察という特色上、実力主義的なところが他省庁より強いように思う」

私は目を瞬いた。

「実力主義……！　じゃあ、その中で認められている忠義さんって、相当すごいんじゃ」

「そうそう、すごいんだよ彩葉ちゃん。どう？　黒川いい男だろ」

ニヤニヤと言う篠原さんを、黒川さんが視線で制して、それからふっと唇を上げた。

「ま、警察庁キャリアの私大卒の見分け方は分かる。言動が国立よりチャラい」

「失礼だな！」

篠原さんが破顔した。

「本当のことだろうが」

「ま、地方私立卒はレアかもな。だから言動が目立つ」

「違う、お前は本当にチャラいだけだ」

篠原さんは苦笑してビールを飲み干す。身に覚えはあるようだった。

「意外です。空手バカなんでしょう？　ものすごく硬派そうなのに」

「こいつ二回結婚して二回離婚してる」

「えっ」

なぜか篠原さんがダブルピースを決めてくれた。

どうやら伯父さんと官僚さんと同じ人種の人っぽい……。

「でも、なんか官僚さんのイメージ変わりました。思ったより普通の人っていうか」

「そだろー？　もっと色々知りたい？」

テーブルに身を乗り出した篠原さんの足を、テーブルの下で忠義さんが軽く蹴る。

「いってぇなあ、おい」

「だから俺の嫁にちょっかいを出すなと」

忠義さんが小言を言い始めた、そのタイミングで餃子が運ばれてきた。

そうして、私と忠義さんはすっかりその餃子に夢中になる。

「おいっし……！　十年以上神戸に住んでるのに、このお店知りませんでした」

「白味噌ってのがいいいな」

肉汁たっぷりの焼き餃子を、オリジナルの白味噌のタレで食べる。篠原さんが六人前注文したのにも頷けた。忠義さんも篠原さんも身体が大きいせいか、あっという間にお皿が片付いた。

「よーし、じゃあいくか」

篠原さんが残ったビールを一気飲みして席を立つ。

「結婚祝いっていうのに、こんな店じゃな」

「こんな店で悪かったねえ篠原くん」

顔を出した店長さんに、篠原さんが苦笑して頭をかいた。学生時代からの常連なのだろう。

結局食事代は篠原さんが出してくれて、三人揃って近くのカフェに入る。アーケード通りの商店街にある、ウチの喫茶店よりずっと古い、レトロで美味しいお店だ。

「これ、ありきたりで悪いが結婚祝い」

それぞれにコーヒーが運ばれてきたタイミングで、篠原さんがくれた真っ白の箱に思わず目を瞬かせる。

「こ、これってもしかして」

許可を取ってラッピングを外し、箱を開けた。予想どおり、超を二回重ねても足りないくらい高級なブランドのコーヒーカップのセットだった。

「い、いいんですかこんな……！　餃子まで奢(おご)っていただいてるのに」

「餃子はついでみたいなもんだよ。よかった気に入ってもらえて」

篠原さんがニッと笑う。忠義さんは肩をすくめて「もらっておけ」とにやりと笑う。

「こいつには二回祝儀弾んでるんだから」

「そんな言い方ねえだろ〜。まあ上からの心証は悪くなったな……」

遠い目をした篠原さんに「離婚しちゃうと不利なんですか？」と首を傾げる。

「その、仕事上で」

「いやまあ、最近は離婚したから即出世コースを外れる、とかはないぜ。警察官なんか離婚率民間より高いんじゃないか？　家、帰んねえからな。けどオレらは普通の警察官と違って警察庁の国家公務員……つまりは官僚で、その上の連中の頭が固いからなあ。放っておいても離婚しない嫁と最初から結婚しろ、と遠回しに言われたな」

ふっと皮肉げに忠義さんが笑った。

自分の両親のことだろう、と——自然に、気がついたら忠義さんの手をこっそり握っていた。ぴくっと彼の指が動く。ハッとして手を引こうとすると、ぎゅっと握り返された。一瞬だけ驚きで身をすくめたあと、そっと握り返す。

大丈夫、私は放っておかれてもどこかへ行ったりしないから。

だってあなたのこと、愛してないもの。だからひとりでも寂しくない。

そんなふうに思うけれど、琥珀糖みたいな感情がぎゅっと心臓を締め付けて苦しくなる。どうして……？

そのあとしばらく、お互いの近況についての話が続いた。

「彩葉ちゃんは喫茶店の店長さんなんだって？」

「そうなんです。雇われですけど……」

借金を忠義さんが返してくれたあたりは省略して、最近のことだけに留める。

「伯父は半分引退状態っていうか。根無し草な人なので、もうすっごいフラフラしたそうなんですけど」

「したそう？　そういえば、伯父さんいなくて彩葉ちゃんだけでお店大丈夫なのか？　ああ、人手って意味で。彩葉ちゃんがコーヒー淹れるの天才ってことは黒川から聞いてる」

篠原さんの言葉に面映（おもは）ゆさを覚えつつ、言葉を続ける。

「それが、最近伯父の元奥さんが手伝いに来てくれてて」

「元奥さん？」

篠原さんの言葉に「はい」と頷いた。

「伯父はバツ2で……最初の奥さんの方なんですけど、京都（きょうと）の里山でカフェしてたんです。けど伯父が徳川（とくがわ）埋蔵金狙ってるって聞いて、手伝い兼伯父の監視にきてくれました。ほっとくとどこまでもフラフラしちゃう人なので」

「ああ、それで『したそう』なのか」

はい、と頷いてから続ける。

「おかげで伯父も変な投資話とかに乗ってないし、埋蔵金伝説のある山も買ってないしよかったです」

伯父とはいえ他人のことだから口はつぐんだけれど、どうやらその奥さんと復縁しそうなのだ。

いい雰囲気を感じる。還暦を過ぎているというのに、なんだか甘酸っぱい雰囲気のふたりを思い出し一瞬ニヤッとしたあとで口を開く。

「それで、その元奥さんとお店にちょっと女子ウケしそうなメニュー増やしたり」

「へえー、スイーツとか?」

「そうです」

「お、いいな、オレ甘いモノも好き」

そう言って相好を崩した篠原さんと「時間あるときはうちのお店にぜひ」と約束をして、お店を出る。と、少し進んだところではたと気がついてふたりに頭を下げる。

「すみません、さっきのお店のオリジナルブレンドの豆、買ってきていいですか? 個人的に飲みたくて」

「ああ、もちろん」

快諾してくれたふたりに背を向け、お店に戻り豆を買ってから足早に戻る。

師走(しわす)の商店街は相当な人出で、人波を抜けつつふたりに近づいたあたりで、唐突に——本当にいきなり、忠義さんの声が耳に飛び込んできた。何者かの悪意ではないかと、そう邪推したくなるような、そんなタイミングで。

「そうだな、……こんなふうに結婚したくなかったとは、時々思う」

私はヒュッと息を吸って立ち止まる。早歩きのおじさんにドン、とぶつかってしまい慌てて謝ると、その声に気がついたふたりがこちらに気がついた。

「あ」

割れた琥珀糖が心臓に突き刺さったみたいに痛い。なのに私の顔は勝手に笑みの形を作る。

「すみません、遅くなりました～」

「いや」

ホッとした表情を浮かべる忠義さんに、さっきの言葉は聞き間違いでも幻聴でもなかったのだと確信を深める。

私は歪（いびつ）に拍動する心臓のあたりをそっと手で握りしめた。

その感情は、なんていう名前なの。


そんなことがあった、わずか数日後。

私は忠義さんが綺麗な女の人と連れ立って歩くのを目撃してしまう。その女の人には見覚えがあった。きらきらと魅力的な女の人……

腕を組んで、親しそうに——


そうして、ようやく気がつく。

胸の奥できらきら琥珀糖みたいに輝いていた感情の名前に。

自分がとっくの昔に、忠義さんに恋をしてしまっていたということに。

【三章】　忠義視点

自分の容姿が異性を惹きつけるものだと自覚したのは学生の頃で、それと同時に自分が他人に性的関心を持たれることを嫌悪していることにもはっきりと気がついた。

明らかに誘ってきて、嬉しいでしょうと言わんばかりに腕なんかに馴れ馴れしく触れられる。胸を押し付けられたことだってあった。

振りほどきたいのを我慢してさりげなく離れるのにも気を使う。

体育会系にいたのもあって、周囲はそういったことに無頓着……というか歓迎する向きがあったから、余計に悪循環だった。

もちろん俺だって性欲がないわけじゃない。ただそれは好きな人に向けるものであって、あんなふうに軽々しく出していいものではないと考えていた。

それだけではないけれど、きっと性格自体が堅苦しすぎるのだろう、恋人がいなかったわけじゃないけれど、長続きはしなかった。いや、長続きさせようと努力しなかった——ちょうどそのくらいに両親が離婚したこともあったのかもしれない。

『忠義、お前は結婚相手をきちんと見極めろよ』

冷たく言った父親の横顔は、はたしてどんな表情をしていたのだったか。

ほどなくして、離婚前に父親は俺や弟に生前贈与だと土地や金をよこしてきた。よほど母親に財産分与で持っていかれるのが嫌だったらしい。

もっとも、母親はそんなものどうでもいいから離婚してほしいと訴えていたし、成人後に俺から譲ろうとしても決して受け取らなかった。そもそも資産家のお嬢様で、実家に戻った母は経済的に何ひとつ困ってはいなかった。

それがまた父親のプライドを傷つけたのは言うまでもないけれど、呆れるばかりで言葉もない。

社会人になって、やたらとコーヒーを飲むようになった。タバコを吸わないから、口寂しいとどうしてもカフェインに走ってしまう。

そうするとなんとなく、味の違いが分かってくる。最初は大手チェーン店のコーヒーが気に入って通っていた。豆の違いなんかを丁寧に教えてくれた女性店員とは、ちょっとした雑談なんかも交わすようになっていた。

ただ、カップにＳＮＳのアカウントを書かれ、そこに連絡しなかったことを詰られたあたりで通うのをやめた。

『気持ちがないなら優しくしないで』

あの親切な女性店員にそんな目で見られていたと思うと、申し訳ないけれどげんなりとしてしまった。

好きでもない人間から向けられる恋愛的な好意は、おそらく俺にとって他の人よりストレス値が高い。

とはいえ、俺にも何か誤解させるような行動があったのかもしれない。

そんなわけで反省した俺は、数度の転勤もあり、根無し草のようにカフェだの喫茶店だのを転々とした。それでも告白されたり、時にはストーカーまがいのことをされることもあった。

理由は篠原が教えてくれた。

『お前、顔怖いじゃん』

『怖くない』

『怖いよ。イケメンなのに、強面な上に親しくないと表情筋あるのかな？　ってレベルでスンってしてるもん。けどさ、打ち解けると普通に笑ったり喋ったりするだろ』

『そりゃ、するだろ……？』

何を言っているんだ、と篠原を見やると、篠原が眉を下げて苦笑する。

『だからだよ。周りには鉄面皮みたいに接してるのに、自分だけに笑いかけてくれるんだぜ？　ワタシは彼の特別なの！　ってそこで勘違いしちゃうんだなあ。オレ、お前の部下から何回も恋愛相談されたことあるんだぜ？　まったく、天然のタラシだよお前は』

目から鱗だった。俺は普通に接していただけのつもりが、そんな誤解を生んでいただなんて。

神戸に住むようになり、そこでたまたま入った喫茶店が「ソナタ」だった。うまいコーヒーはもちろん、飄々とした壮年の男性ひとりでやっている喫茶店。

ここならと安心して通っていた矢先、姫だという女性が店員としてやってきた。それが彩葉だった。

警戒したのは一瞬で済んだ。彼女の淡々とした行動から、俺に大した興味関心がないと気がついたから。

彩葉の淹れるコーヒーはうまい。さばさばとした性格だって好ましい。

前任者の尻拭いで荒んでいたとき、どれだけ彼女に救われたか。

あの冬の日のことは忘れない。ブランケットを肩にかけてくれた彩葉と頭をぶつけた日。柔らかく微笑む彩葉の表情に釘付けになったことは、きっと彼女は気がついていない。

キャリアの警察官、いや官僚だから――とっさに感情を顔に出さない術は身につけていた。

彩葉に、時々静かに柔らかく微笑みかけられることがある。それは性愛を含むものじゃなくて、俺がコーヒーやサンドイッチをうまいと褒めたときに出る職人としての満足感の表情だ。

けれど、そこにほんの少し親愛の情を見つけては喜んでいる自分に気がついた。

もしかしてそれは俺だけに――と勘違いせずに済んだのは、それが常連の他の客にも当然のように浮かべる笑顔だったからだ。

それが無性に悔しくて、ほどなくして自分が恋をしていると知った。

同時に失恋でもあった。

好きでもない他者から向けられる恋愛的な好意は……残念だけれど、彩葉も望んでいないだろう。

彼女には「客と従業員」の明確な線引きがあった。

それでも未練がましくソナタに通っているうちに言われたのが『彩葉と結婚したら？』という言葉だった。

彼女が神戸からいなくなってしまうことにショックを受けた矢先のこと——一も二もなく飛びついた。どうせ、あの父親からもらったろくでもない、使うあてもない金だった。


「いい子だな」

コーヒー豆を買いに走る彩葉の後ろ姿を見ながら篠原が言う。

「小汚ねえ餃子屋なんか嫌がる子多いのに、楽しそうだったし」

「お前な……そのためにあの店に？」

試したのかと眉を吊り上げると、篠原は「悪い悪い」と苦笑した。

「でも彩葉ちゃん気に入ってくれてただろ、餃子」

「……まあな」

目を輝かせて餃子を頬張る彩葉は、いつもながら本当にかわいかった。俺の本心を世界で唯一知る篠原を前に、ついつい口が回る。

「かわいいだろう、彩葉」

「ん？　ああ。小動物っぽい子だな」

「ビールをものすごくちまちま呑むだろ？　炭酸が苦手なんだよ」

「へえ……」

「ああいうとき、瞬きのタイミングがいつもより少し速くなって」

「……瞬きのタイミング？」

「あと餃子を食べたとき、一瞬笑窪が浮かんだの気がついたか？　あれは本気で嬉しいときの笑窪だぞ」

「え、ごめん。笑窪に種類あんの？」

「あるに決まってるだろ。深さとか角度とか」

何を言っているんだ、と篠原を見る。篠原は困惑気味に口を開いた。

「……観察しすぎじゃないかなあ」

「？　そんなことないだろ。……あ、左手の親指に小さいささくれができてたな。水仕事だから手荒れしやすいんだ。帰りにハンドクリームでも買ってやろう」

「ささくれぇ……」

篠原が遠い目をしたあと、気を取り直したように軽く咳払いをして口を開く。

「まあ、その、なんだ。かなり仲いいじゃねえか」

「まあな」

少し照れてアーケードを見上げた。横で篠原がくっと笑う。

「言えばいいのに。好きだって。ささくれを見逃さないレベルで君を見てるって……いやこれは言わない方がいいか」

「なぜ」

「いや、まあ、引くだろ」

「引く？　どうして。……というか、彩葉から特別な感情なんか求められてない」

人として好き、とそう言われた。

——十分だ。それ以上求めるのは贅沢というものだろう。

視線を戻し、一息ついてから「それに」と続けた。

「元から彩葉が好きだったなんて本人にバレてみろ。五百万で自分を買われたと感じられても仕方ない」

そのために見合いの話をした。恋愛感情を「秘密」があるのだと誤魔化した。

告白して煩わせたりなんか、絶対にしない。彩葉から煩わしく思われたくない。そんなことになったら、軽く死ねる。

「うーむ。そうだな。実際そのとおりだしな」

ぐうの音もない俺に篠原は言う。

「離婚どころか『騙された！』とかって婚姻無効を申し立てられるかも」

「最悪な予想をするな」

「しかし、お前がな……警察学校で『狡いやつが得するのが許せない』なんて青臭いこと言ってたお前が、こんな形で嫁をもらうとは」

無言で睨みつける俺を見て、篠原が肩を揺らす。

「懐かしいよな？　なんだっけな、学校の担任か」

「……中学のときの隣のクラスの担任だ。教室内のいじめを黙認するどころか、自ら主導し始めた」

いじめられていたのは、気弱な同級生だった。親しくもなく、別のクラスということもあり気がつくのが遅れた。見るに堪えかね、解決させようとこちらが奔走しているのに、何が面白くないのかその教師はいちいち邪魔をしてきたのだ。

「いじめ自体は解決したんだが、主導していたくせにその教師は知らぬ存ぜぬでなんの罰則も受けなかった。どころか、翌年には教頭になった。学年集会で『いじめは殺人です！』なんて言ってるのを聞いたときは殴りに行ってやろうかと」

というか立ち上がった俺を友人が数人ではがいじめにして止めたのだ。そのうちのひとりは、いじめられていた当の本人だった。

「それで悪いやつ捕まえようって警察庁に？」

「それは少し違う。官僚になったのは『悪いやつが逃げ得できないようにするため』だ。法的にな」

年間に成立する法令の数は毎年平均して百ほど。うち、閣法(かくほう)——内閣提出案が八割程度を占める。議員立法の成立率が二割のところ、閣法が九割強なのを鑑(かんが)みると、閣議さえ通してしまえば成立すると考えてもいい。

そして閣法を主導しているのは何を隠そう、各省の官僚だ。政治家なんかになるよりよほど効率がいい。

そう篠原に話すと、篠原は眉を上げて太い腕を組む。

「なら早く東京戻りたいだろ。現場じゃ、んなことできねえもんな」

「……正直、気持ちは半々だ。東京に戻れば、彩葉と離れて暮らすことになる」

最初は手に入りさえすればよかった。

なのに一緒に暮らし始めて、彩葉が手の届くところにいる幸せを知ってしまった。この世の全ての幸いを煮詰めたような生活を覚えて、どうして彼女から離れることができるのか。

「葛藤してる……」

「着いてきてくれって土下座でもしろよ、アホらしい」

どうでもよさそうに篠原がニヒルに唇を上げた。腹が立って肩を軽く拳で小突くも、空手で鳴らした山のような男は鷹揚に笑うだけで心底むかついた。

「まあなんだ、惚れ込んでるなあ。いいことじゃねえか。俺はお前が孤独死すんじゃねえかと心配してたんだよ」

「……俺の気持ちさえバレなければ、多分」

多分、彩葉は俺と婚姻関係を続けてくれるだろう。定年後は一緒に喫茶店をしてはどうだろう。彩葉は喜んでくれるだろうか。

……あと二十数年もあるが。

俺の表情をどう取ったのか、篠原が明るい声で口を開く。

「まあ、詐欺の構成要件は満たしていなさそうだから刑事告発は厳しい。安心しろ」

篠原にぽん、と肩を叩かれ「そういう問題じゃない」とじろりと睨んだ。

「そんな顔をするな。ああそうだ、途中から好きになったとかはどうだ？　名案じゃないか？　結婚してから惹かれてしまったんだって大げさに愛を語れよ。お前の顔ならイケる」

「俺の顔ならイケるってなんだ？　そもそもなんだが、どちらにしろ告白なんかできない」

「どうして」

「彼女は……その、事情があって恋愛結婚に忌避感がある」

「忌避感？　本当に？　側から見てるとな、彩葉ちゃんもお前に惚れてるように見えるぞ」

「バカな」

ため息をつく。

「好きならそうと言われてるはずだ」

「そうなのか？」

「思ったことは口にする人なんだ」

そもそも「年上すぎる」と言われているしな……と遠い目をして雑踏を眺める。

「ほう？」

篠原は探るような顔で俺を見て、にやりと笑った。

「なら、今から惚れさせればいいだろ」

「……ん？」

「めろめろのとろっとろのラブラブのイチャイチャに、恋愛結婚への忌避感なんか捨て去って、何があろうとお前から離れられないくらいに惚れさせろ」

「なんだそれは……」

呆れる俺の肩を篠原が軽く叩く。

「黒川ならいけるって、天然で女たらしなんだから」

「お前なあ……」

ふっと肩から力を抜き、続けた。

「俺だって最初からきちんと口説き落としたかった。けれど――恋愛が無理なら、死ぬまで縛り付けておく」

「えっぐい思考回路！　お前がこんなに誰かに執着してんの、初めて見た。なあ、彩葉ちゃんの話してるときの自分の顔自分で見たことある？」

「あるわけないだろ」

俺の返答に、篠原が肩をすくめる。

「まあ、理性的なお前が勢いに任せて結婚するくらいだ、そもそも最初から相当やられてるわな。ヤンデレ野郎」

「デレてはいるかもしれないが、病んではない」

「病識がない方がヤバいって知らない？」

「うるさいな」

「まあ、なんにせよ元から好きだった云々は墓まで持っていけよ。軽蔑されたくねえならな」

頷いてみせると、篠原がにやりと笑う。

「ま、よかったじゃねえか、結果的には結婚生活うまくいってんだからよ」

「そうだな……」

篠原の視線に軽く頷きつつ、声を低くする。

「ただ、やっぱりこんなふうに結婚したくなかった、とは思う」

でも、それは無理だから。『相思相愛』は求めないから。

俺の一方的な想いで構わない。俺の伴侶でいてさえくれるなら。

愛してるの代わりに、せめて「かわいい」くらいは伝えさせてほしい。


「部長、また平山さんから電話でした」

執務室に入ってくるなりげんなりした顔で秘書の原が言う。元々強行犯係にいたという肝の据わった女性警官の言葉に、ぴくっと眉が動いたのは仕方ないことだと思う。

「平山？　誰ですか」

もうひとりの、決裁のために執務室にいた部下に聞かれた原は、肩をすくめて答えた。

「知らへんの、平山事件。ほらイヤホンスマホ無灯火逆走チャリの平山有希乃」

「ああ、あの、八月頭の事故でしたっけ」

気遣わしい視線に、思わずこめかみを揉んだ。

「あれですよね、ウチの捜査車両が夜に現場向かってる途中で、スマホ見ながらチャリで逆走してきてぶつかったとか言う」

「そうそう。しかもイヤホンつけて、ふらっふら蛇行しながら自ら全力で突っ込んできた」

「それでも警察車両が事故を起こしたのは間違いない」

はあ、とため息をつきながら口にした。

事故のあと、救急車で搬送された平山の怒りは相当なものだった。

『どうしてくれんの！　あたしモデルやねんで？　仕事いかれへんやん！　慰謝料きっちり払ってもらいますからね！　パトカーに轢かれたってマスコミにチクってやる！』

幸い擦り傷で済んだものの、無論、事故のことは包み隠さず公表した。

けれど、そもそもが人気読者モデルだとかいう彼女にあることないことＳＮＳに書き込まれマスコミにまで拡散され、「善良で正義感のあるファンの皆様」からの苦情がひっきりなしに入った。

まあこれくらいはいつものことで、正直な話、こういった人は他に「自分の正義感を満たす社会悪」を見つけて移動していくから放っておけばいいのだが——県警の本部長の異動が翌年に控えていた。本庁に戻るタイミングで問題を大きくしたくなかった彼は俺に事態の収拾を命じた。

本部長にはかつて部下のミスを庇ってもらった恩がある。多少泥を被るくらいはしよう、と決めた。

仁義は通さなければ。

そもそも、ここには前任者の尻拭いで来ている。トラブルというトラブルの芽はすべて摘んでおかなくてはならない。

「黒川部長が頭を下げに行って、そこで惚れられたんでしたっけ」

「惚れられたというか、あれはストーキングやで、もはや。一時期、正面玄関出待ちされてたしな。

わざとらしく頬にガーゼ貼って……なあ知ってる？　平山、顔は無傷やってんで？」

「あー、あれか……見た目は綺麗な人やねんけどな」

部下ふたりの会話に頭痛がしてくる。

篠原いわく『お前は女に優しくすると相手が勘違いして惚れるから気をつけろ』とのことだけれど、惚れられたい妻とは恋愛できず訳の分からないクレーマーに惚れられるとは……

法的にはなんらこちらに落ち度はない。納得いかないが筋は通そうと笑顔を貼り付けたところ、こうなった。

「……で、今日の平山はなんと」

「『首いたーい、通院手伝ってくださーい』だそうで」

「首？　挫いていた足は治ったんじゃなかったのか」

「今さらムチウチが出てきたとかなんとか……部長が結婚されたと知ってから余計にヒートアップしてきたような」

その言葉にため息をつきつつ、午後の予定を確認する。

「……原、付き合ってくれるか」

「もちろんです」

原がここまで気を使ってくれるのは、事故を起こした刑事が彼女の恋人だということもあるだろう。何も悪くないふたりが不憫で、つとめて明るい声で言う。

「本部長が春に異動されるまでだ。異動次第、無視だ、無視」

「大丈夫でしょうか」

「誠意は尽くした。つきまとうようなら法的に対処する」

憤懣（ふんまん）やる方なく立ち上がる。

病院まで「歩けなーい」とだだをこねる平山を原と支えつつ自分の車で送り届ける。まさかパトカーを使うわけにもいかない。

「えー、黒川さんとふたりがよかったな？」

「……そういうわけにもいきませんので」

穏やかにしつつも、できるだけ冷たく答えるけれど、平山はどこ吹く風のようだった。

職務上、ストーカーと呼ばれる人種は多く見てきたが、彼女のようなタイプはかなり面倒くさい部類に入る。自分は被害者で、かついちばん正しいと確信しているために、少しでも否定などされればその相手は敵認定されて徹底的に攻撃されるのだ。

つまり、俺が少しでも彼女を否定しようものなら「好きだったのに！　裏切られた！」と攻撃行動が激化する可能性がある。

万が一、彩葉に接触でもされようものなら、自分でも何をするか分からない。できれば、徐々にフェードアウトできるのが理想だった。

悩みの種は平山だけじゃない。

最近、彩葉が少し変なのだ。

相変わらず、朝食は「ソナタ」で摂るようにしている。

何を遠慮しているのか、上に住んでいるはずの笹部さんはたまにしかやって来なくなった。以前の奥さんと暮らし出したらしいからそのせいかもしれない。

――それにしても。

「彩葉」

湯気を吐き出すケトルを前にぼうっとしている彩葉に話しかけた。ふたりきりの店内に、お湯が沸く音がシュンシュンと響く。ハッとした彩葉が慌てて火を止めた。

「わ、沸騰させすぎた……」

「どうしたんだ？　最近変だぞ」

「あー、なんか、寝られなくて……気圧が低いからですかね」

眉を寄せてステンドグラスの方に目を向ける彩葉につられ、俺もそちらに視線を向ける。色とりどりのステンドグラスの向こうで、クリスマス寒波と一緒にやってきた初雪がちらついていた。

「寝つきは良かったような気がするが」

「寝つきは……って、もう」

かわいらしい唇を尖らせて彩葉は頬を微かに赤くさせる。俺の腕の中で何度もイって、最後は気を失うように眠った彩葉。

「もー。起きちゃったんです」

「どうして？　寒い？」

「そんなことは」

もごもごと彩葉が口ごもる。珍しいこともある、と眉を上げた。

「ああ、寝苦しい？　君がかわいくて、抱きしめて寝てしまうから」

「……猫みたいな言い方」

ふっ、と彩葉が頬を緩める。その笑い方がやっぱり元気がなくて、俺は胸が詰まるのを覚えた。

「違いますよ。ただ、ちょっと……考え事があって」

「そうか」

視線をコーヒーに落とす。

彼女が離れていったらどうしよう。

動揺を悟られないよう注意しつつ、何食わぬ顔でコーヒーを口に運ぶ。どうする。

どうする？

どうすれば彩葉を繋ぎ止められる？

もちろん、五百万の負い目はあると思う。でも返せない額じゃない。

絶対返すから別れてくれと懇願されたら――俺は――

ソーサーにカップを置く音が響く。驚いた彩葉が不思議そうに俺を見る。すうっと息を吸って、
少し前に篠原が言っていたことを思い出す。

――「何があろうとお前から離れられないくらいに惚れさせせろ」。

……できるのだろうか？

けれど、その努力くらいはしてもいいのかもしれない。それこそ死に物狂いで。

「彩葉」

「なんですか？」

「旅行に行かないか。年末年始」

キョトン、と彩葉が俺を見る。

俺はできるだけにこやかに見える表情を浮かべながら続けた。

「温泉でも、テーマパークでも、どこでも」

「どうして？」

「このところ忙しかったから、少し息抜きがしたい気分なんだ」

俺の言葉に瞬いて、それから彩葉が嬉しそうに頷く。わずかに紅潮した頬が最高にかわいい。いい感じの笑窪が一瞬浮かんで安心する。

それにしても、惚れた方が負けというのは真実だと思う。なんでもしてやりたい気分になる。甘やかして、蕩けさせて、俺に依存させて――離れられないように。

「忠義さん、なんで笑ってるんですか？」

不思議そうな彩葉の言葉に「楽しみで」と返す。

「楽しみ？　温泉が？　テーマパーク？」

「……ああ、温泉にしようか。彩葉、露天風呂入りたがってただろ？」

「え？」

キョトンとする彩葉に「ほら」と微笑みかける。

「初めてラブホ行ったとき。俺が抱き潰してしまったせいで、ゆっくり露天風呂なんか入れなくて」

彩葉はもう一度キョトンとして、それから頬を真っ赤にして唇を尖らせた。

「え、も、もう。入りたいなんて、そんなこと言いましたっけ」

正確には入りたそうにしているのを見ていただけだけど。

「考えておいてくれ。どこでもいいから」

そう言って席を立つ。

「もー。いってらっしゃい、気をつけて」

コートを羽織り、彩葉に手を振ってステンドグラスがはまったドアを開く。かろんとドアベルが鳴った。


彩葉が希望したのは兵庫県の北部にある温泉だった。山手線に跳ね飛ばされたとある文豪が療養で滞在したことで有名なこの温泉地は、兵庫県内とはいえ、瀬戸内海を臨む温暖な神戸から雪が降り積もる日本海側までを移動することになる。

駅の改札を出るとかなりの積雪があったが、大晦日の空は綺麗に晴れていた。冬の陽射しが雪に反射して眩しい。

「それにしても、よく急に予約が取れましたね」

神戸のアウトレットで買ったというスノーブーツで、ご機嫌に川沿いの道を歩きながら彩葉が言う。

この温泉地といえばこの光景、と言っても過言ではない、石橋が明媚（めいび）な川の流れは緩いが冷然としている。柳の木は散り残った葉や枝に雪を積もらせ、しなだれて見えた。――撓雪（しおりゆき）、だったか。

彩葉もそれに目をやりながら言葉を続ける。

「ダメ元で希望だったんですけど」

「ああ、知り合いに伝手があって。たまたま出たキャンセルを大急ぎで押さえてもらったんだ」

どうともしない感じで答えたけれど、実は結構……いや結構どころじゃないな、かなり頑張った。

「へえ、そうなんです……わぁっ」

返事をしようとした彩葉が積雪に足を滑らせる。慌てて支え、抱きしめた。

「す、すみませ……」

「いや」

ふっ、と笑って耳にキスしてから離れる。ひんやりとした、ピアスの穴さえない小さな耳朶（みみたぶ）。

「わぁっ⁉」

「悪い。かわいい形をしていたから」

肩を支えて少し身体を離し、顔を覗き込む。かわいい形？　と彩葉が不思議そうに自分の耳朶に触れている。

「……普通の耳の形では？」

かなりかわいいのに、本人に自覚はないらしい。ふっと笑って彩葉の頬に手を滑らせた。

「顔が赤いぞ」

「さ、寒いから」

「へえ」

頬を緩めてじっと目を見る。彩葉はしばらく目を泳がせたあと「実は照れました」と素直に答える。

「人前だし！」

「誰も見てないだろ？　一瞬だ」

行き交う観光客は写真を撮るのに忙しそうだ。

むむっと眉を寄せる彩葉がやっぱりかわいくて、俺は彼女の手を取り歩き出す。ひんやりとした指先なのに、とても熱く感じるのはなんでだろう。

……少しは俺を意識し始めてくれているのだろうか。だとしたら、僥倖（ぎょうこう）なのだけど。

途中で彩葉が行きたがっていたカフェを見つけた。ただ、大晦日ということもあってかテイクアウト限定になっていた。ホットコーヒーをふたつ買って、川を眺めながら飲む。

「悪くないな、こういうの」

「ですねー。寒い中であったかいの飲むの、幸せ……」

コーヒー自体も好みだったのか、彩葉がうっとりとした声音で言う。ぱさり、とやけに軽い音がして目をやると、柳の木から落ちた雪が川に落ち、解け溶けかけながら流れていく。

静かだ。

白い息が空中に溶ける。

ふと目線を上げると、彩葉が俺を見て微笑んだ。

「外湯巡り、どうしましょうか」

この温泉地は、いくつかの外湯があり、そこを目的に来る旅行客も多い。

「行きたいのか？」

嬉しげに彩葉は頷くけれど、俺はふむと眉を上げた。それって混浴じゃないよな？　いやまあ混浴だったとして、他の男に彩葉の柔肌を見せるわけにはいかないのだけれど。

……俺個人の希望としては、この旅行中、一秒でも長く彩葉を独占していたい。

「……忠義さん、なんか悪いこと考えてませんか？」

「ないぞ」

「本当に……？」

訝しむ彩葉に、俺はにやりと笑ってみせる。彩葉はコーヒーを飲みながら「嫌な予感がします」と小さく呟いた。

予約していたのは比較的新しいホテルの、日本庭園に誂えられた露天付きの離れだった。渋る彩葉を説得して、昼間から一緒に風呂に浸かる。昼間と夕方のはざまの青空に、風花が舞う。

「明日は水族館だよな。正月も営業しているなんて大変だな」

「……っ」

「ああでも警察も似たようなものか。生安の課長だったときは初詣対策で机から離れられなくて、まとまって寝ることすらできなかった。若かったからなんとかなったな」

「ん、っ、忠義さ、んっ」

「どうした？」

　お湯の中で真っ赤になって彩葉が俺を睨んでいる。俺の指は彼女のナカで、彼女は半分俺にしなだれかかっていて——

　結局のところ、彩葉を独占するためには他のことを考える余裕を奪ってしまえばいいという結論に達したのだった。

　彩葉が喘ぐようにひとつ呼吸したあと、口を開く。

「も、無理。声出ちゃう……」

　耳元で囁かれて、大きく心臓が拍動する。誰も聞いてなんかないと嘯いて、この場で味わい尽くしたいのをぐっと堪えた。

　蕩けた視線が俺をじっと見つめている。少なくとも嫌われてはない。恋愛感情こそなくとも、家族にはなってくれた。

　ふと思う。

　彼女は「これから」のことをどう考えているのだろう？

「彩葉」

　耳殻を噛み、舐めながら愛おしいひとの名前を呼ぶ。

「ふ、……っ、なん、ですか……」

「君は……子供が欲しい？」

指の角度をぐっと変えた。他の粘膜と感触が違う、ざらついたそこをぐちゅぐちゅと指で弄る。

細い声で叫び、彩葉が俺にしがみついた。

「へ、あっ、子供……？」

「そう」

俺は彼女の耳のそばで、できるだけ穏やかに言う。

「俺たちの、子供」

彩葉の肩がふるふると震える。指に吸い付く粘膜が、収縮を繰り返す肉襞が、彩葉の絶頂を俺に知らせてくる。

くてん、と力を抜いた彩葉から指を抜き、完全に俺に身体を預けた彼女を抱きしめて答えを待つ。心臓がうるさい。

もし「欲しい」という答えが来たならば、彩葉ははっきりとこれから俺との将来を、未来を想像してくれていることになる。

だから――

希うように静かに呼吸を繰り返す俺に、彩葉は「あの」と小さく言った。

「私たちの間柄に、子供って必要……ですか？　不幸せにしてしまうのではと、思います」

そっと瞼を閉じる。

冬の風が静かに吹いて、松葉を揺らす。遠くで雪が落ちる音がした。

「そうだな」

低く答える。

「そうだよな」

繰り返して、自分に言い聞かせる。

俺はぎゅっと彼女を抱く力を強くする。

諦めたくない。彼女の気持ちも、将来も——

屹立を彼女に押し付け、それから抱き上げて風呂から出る。

慌てて何か言おうとする彩葉に何度も口づけし、何も言えないようにする。

「少し黙ってろ」

熾火（おきび）のような、焦り（あせ）のような感情でただ性急に彩葉を組み敷く。コンドームなんかなんで持ってきたんだろう、俺は彼女を孕（はら）ませたいのに。邪魔でしかない。

それでも、彩葉がそれを望まないというのなら。

苛（いら）つきを快楽に変えてやろうと、思うままに腰を振る。

身体の相性が恐ろしいほどぴったりな彩葉は、そんな自分勝手な俺との行為で泣きながら何度も達する。

普段よく喋るかわいらしい口から溢れるのは嬌声と、俺の名前だけ。

「あけましておめでとう」

聞こえる除夜の鐘に、ぷうと唇を尖らせた彩葉に声をかける。彼女はほんの少し目を細めてから首を傾げ「行きたかったのに」と呟く。

宿泊している温泉宿から徒歩数分のところにある古刹では、年越しイベントとして観光客に除夜の鐘つきをさせてくれる。

彩葉は外湯巡りのほかにこれにも行きたがっていて、なのに彼女は夕食後、大浴場に行って戻ってきてからずっとベッドの中にいる。

「煩悩を払いたかったのに」

「煩悩なんかあるのか？」

じとりと浴衣を整える俺を睨んで、彩葉は呟いた。

「あるんですよぅ……」

俺は上半身を起こし、クイーンサイズの白いシーツの上にしどけなく横たわる彩葉を見下ろした。

「煩悩払わせたくないんだよ。エロいままでいてくれ」

「……わざとです⁉」

ムッと彩葉が綺麗な眉を寄せる。俺は低く笑って彼女の頬を撫でた。

「大体、エロいままってなんですか！」

「言葉そのままの意味だけれど？」

ぷんすかしている彩葉の身体は、かろうじて白と紺の温泉浴衣が引っかかっている。何も着ていないよりよほど淫らだ。

胸元ははだけ、太ももは露わで、ただ帯で脱げていないだけ。その白い太ももを手のひら全体で撫でて頬を上げた。

それだけでびくっと細い腰が揺れる様を見て知らず口元も緩む。

「大体、無理だぞ彩葉。こんな煩悩まみれな身体なのに……」

「どこが、っ」

散々抱いて啼かせているのにまだ自信がないらしい彩葉の身体をかき抱く。

「こんなにしておいて魅力的じゃない、なんていうのは無理筋がすぎる」

「ん……」

太ももに屹立を押し付けると、彼女の口から甘い声が漏れた。

「ど、して私なんかにそんなふうになれるの」

「どうしてかな」

くっ、と喉を鳴らしながらまだたっぷりと濡れているそこに中指を沈める。きゅっと健気に吸い付いてくる肉厚な粘膜——甘酸っぱい、女の匂いが濃くなった気がした。

「最高に興奮する」

「はぁ、……っ」

身体を跳ねさせた彼女から指を引き抜き、屹立にコンドームを着けてからゆっくりと挿入していく。

「ん、待っ、……休憩」

半分ほど入った状況で、ハッとした彩葉がぐいっと俺の肩を押す。

俺は苦笑して彩葉から一度自身を抜いた。中途半端に快楽を与えられたそれは彼女のナカで動きたくて痛いほどに張り詰めて昂っていた。

「疲れた？」

「疲れますって！　なんでそんなに元気なの……」

一生懸命に浴衣の襟を揃えようとする彩葉の頬をさらりと撫でた。

「そうか。――なら、休んでていいから、彩葉」

俺は彼女をくるりとうつ伏せにして、後ろから再びナカへと昂りを沈めていく。足を閉じているせいで、ただでさえ狭いソコがかなりキツい。締め付けてくる熱く蕩けた肉が狂おしいほど気持ちがいい。

「あー……バカになりそう」

思わず低く声を漏らす俺の下で、彩葉が枕を抱きしめて小さく震えていた。

「っ、は、……っ」

痙攣する肉襞に思わず頬が吊り上がる。

「イってるの、本当にまる分かりだよな」

綺麗な背中を撫でる。背骨をすうっと撫でると、彩葉のうなじがさっと朱をはいた。

そっとそこにキスを落とし痕をつけてから、ゆっくりと抽送を始める。

「ん、あ、あっ」

　俺の動きに合わせて健気に喘ぐ彼女の頭を撫でる。

「彩葉。寝てていいぞ？」

「っ、眠れる、わけ、ない……っ」

　枕を抱きしめる彼女の指先は、力が入りすぎているせいかとても白い。動いているのは俺ばかりなのに、彩葉の綺麗な肌はすっかり汗ばんで、しっとりしていた。

　最奥をぐうっと押し上げると、ぎゅうっと締め付けてくる肉厚な粘膜。先端から蕩け落ちそうなほどに気持ちがいい。

「かわいい、彩葉」

　腰の動きはそのままに、さらり、さらりと髪を梳いては撫でる。

「眠れないのか。子守唄でも歌ってやろうか」

　動くたび、くちゅくちゅと淫らに水音がする。

　彩葉の喘ぐ声は、どこまでも甘く淫らだ。窓の外では静かに雪が降り続いている。

「ば、かぁ……っ」

　そう言いながら絶頂する彼女が愛おしくて仕方ない。

　ああ、と俺は思う。

　どれだけ味わっても味わい尽くせない。

　ただ貪（むさぼ）れるだけ、彼女を貪っていく。

それが自らの渇き(かわ)を癒(い)やす、唯一の方法だったから。

「もう、朝ごはん、せっかくの温泉湯豆腐だったのに！」

旅館から水族館へ向かうバスの中、除夜の鐘に続いて彩葉が唇を尖らせる。俺は苦笑してふたりがけの後部座席、窓側の席に座る彼女の頭を撫でた。

「俺は何回も起こしたんだぞ」

朝食は蟹(かに)がふんだんに使われたお節風の和食に、雑煮、それから彩葉が楽しみにしていた湯豆腐だった。普通の湯豆腐ではなく、温泉水を使ったもので、蕩けるような食感で人気だと言う。

「……そもそも忠義さんが寝かせてくれないからっ」

小声で言って、彩葉は小さくあくびをした。朝方まで散々啼(な)かせた小さな舌が見えて、身体の奥で欲望が熾火のようにちろりと燃えた。

……三十代も半ばになって盛(さか)りすぎなのは自覚している。けれど仕方ない。初めてなんだ、こんな感情は。本当に病気なんだ、きっと。

俺は彼女越しに雪景色を眺めて、気分を変えるように口を開く。こんなところで欲情しても仕方ない、と感情を押し殺して——

「でも食べられたじゃないか」

「すっごい急いでねっ。舌、やけどしました」

ぺろっと先端だけを口から見せてくる。ちらりとあたりを伺ってから、その舌先を軽く唇で噛む。

「んむっ！」

慌てて彩葉が舌をしまう。まったく、かわいい……

「水族館で何か食べたらいい」

「すっ、水族館に湯豆腐はないと思います」

真っ赤になって彩葉は窓の方を向いている。

怒っているのだろうか、と手を握った。けれど振り払われることもなく、おそらくただ照れているのだろうなとどうにもむず痒(がゆ)い。

爪を撫で、彩葉の顔を覗き込む。目元がわずかに赤くなって、それから彼女は目を逸(そ)らす。

……もしかしたら、多少は意識してくれているのかも。もう少しかも。好きと言われないのは、まだ気持ちが確定していないだけで、もうひと押しなのかもしれない。

そう思うと、心が弾んだ。

到着した元旦の水族館は混雑していた。俺たちのような観光客はもちろん、こちらに帰省している家族連れなんかもいるのだろう。親戚全員のような大所帯もいた。そばを駆け抜けた小さな子供を彩葉が視線で追う。

「かわい」

ふっと微笑む彼女を横目で観察した。

……子供嫌いではないと思うのだけれど。

彼女が子供を欲しがらない理由はいくつかあると思う。彼女の育ってきた環境が由来しているのかもしれないし、あるいは俺との将来なんかいまいち想像できにくいのかもしれない。

俺の親は壊滅的にすれ違った挙げ句に離婚はしているものの、少なくとも母親が俺を愛し育ててくれたのは知っている。

だから、彩葉のように疎外感を持って育ったわけじゃない。

少し前、ぽつりと彩葉が教えてくれたことがある。幼い頃、お義母さんに『本当はあなたを産むつもりなんかなかったんだけど』と軽い口調で言われたのだと。

彩葉の幼少期からの孤独は、きっと俺が思っているより深い。

『私って、なんか、いてもいなくてもいいんだろうなって』

悲しい話をしているのに、彩葉はどこまでも、さばさばと、あっけらかんとしていた。

執着してない。

それは最初から「いちばんに愛されること」を諦めているから――

それでも、繋いだ小さな手は温かい。『少年みたい』と彼女は言うけれど、とてもかわいい手だと思う。少年だの女性だのはどうでもよくて、ただ彩葉の手だと思う。

伝えたいと思った。

愛している、と。

「ところで、水族館の初詣イベントってなんですか?」

俺の手を握り、楽しげに見上げてくる彩葉に軽く微笑んでみせる。彩葉が好きそうだったから予約してみた、それ。

オットセイ水槽前のイベントブースへ向かい、スマホで予約コードを職員にかざす。水槽前には鳥居が模された小さなオブジェができていて、その前で写真を撮ることができる。俺たちの前に並んでいた家族連れが歓声を上げた。

「えー、かしこい。どうやってるんだろ」

オットセイはプールをくるくると泳ぎながらも、いざ写真を撮る段になるとオブジェ前まで泳いで戻ってきて一緒に写真を撮ってくれる。横で彩葉が嬉しげにオットセイを眺めていて、俺は内心ガッツポーズを決めた。

彩葉が喜ぶととても嬉しい。

「お次の方、どうぞー！」

彩葉と一緒にオブジェの前に向かう。頭にアザラシとオットセイのぬいぐるみをつけたカメラマンの女性が微笑んだ。

「あけましておめでとうございまーす！　お写真撮りますが、ポーズはどうしましょう！　カップルの方には手でハート作ってもらってます！」

「は、ハート⁉」

目を丸くする彩葉に向かい、カメラマンが手を折り曲げて見せる。

「こう、おふたりでひとつハートを作ってください」

「え、でもそんな、ね、忠義さん」

あわあわと俺とカメラマンの顔で視線を往復させる彩葉を見下ろして笑った。

「いいだろそれで」

「え、いいんですか」

「どうして」

「どうしてって」

真っ赤になっている彩葉を「ほら」と促して、ふたりでハートを作って写真に収まる。

受取用のブースで写真を受け取ると、彩葉が歓声を上げた。俺たちの頭の上に、ちょうどオットセイが顔を覗かせている。

「わー、かわいい！　すごい！」

「ここまでぴったり正面からの顔が入るのはレアですよ」

受取ブースにいたスタッフに言われ、彩葉が目を輝かせる。

「部屋に飾ろうな」

「え、いいんですか、こんな……なんていうか、カップルみたいなこと？」

眉を下げて彩葉は俺を見上げる。スタッフが不思議そうに俺たちを見る。

「あれ、ご夫婦なのでは？」

視線は揃いの結婚指輪。俺が苦笑して「新婚なのですけどね」と言うと、スタッフが笑う。

「なるほど、奥様、照れ屋さんなのですね。ラブラブで羨ましいです！　あ、これ初詣イベント記念品のお守りつきぬいぐるみです～」

「ありがとう」

ペアになっている白と茶色のオットセイの小さなぬいぐるみを受け取る。首のところに、近くの神社から授与されたというお守りがついていた。恋愛関係に強い神社らしく、ピンクと水色の縁結びのお守りだった。

彩葉はというと、真っ赤になって写真を眺めているふりをしている。

思わず口元を覆ってその顔を見つめた。

これはもしかして、もしかすると、だぞ。

うまくいっているのかもしれない。

水族館土産のオットセイのぬいぐるみを抱いた彩葉が、特急列車の揺れに負けて船を漕ぐ。たくさんはしゃいでいたし、たくさん疲れさせたから。

そっと自分の肩にもたれかけさせる。特に抵抗なく、寝ぼけているからだろうか、甘えるように俺に擦り寄る。愛おしさで頭の奥がくらくらした。

窓の外は雪の積もった山と田んぼが続く。

帰りたくないなとぼんやり思った。仕事なんか辞めて彩葉と一日中イチャイチャしていたい。俺に蕩けさせて、理性なんか溶け落とさせて、思考なんか放棄させて、俺の子を孕みたいと言わせたい。

そっと手を繋ぐ。小さな手、細い指先。きっちり切られた爪。左手のささくれは治っていて、代わりに右手中指にできていた。手の甲が少しだけ手荒れしていて、それすらかわいい。毎日頑張ってるもんな。

彼女を構成する全てが尊くて素晴らしい。きっとこれは得難いものだ。いま、隣で彩葉が眠っていることは俺の人生にとって最も幸福なことだと確信がある。

やがて車窓の光景が馴染んだものへと変わっていく。雪積もる山から田んぼへ、白くなった畑から住宅街へ、やがてビル街へと。時刻はゆっくりと夕方へと――オレンジに染まり出す街並み。

降車駅の名前を告げるアナウンスで、彩葉が身じろぐ。それからゆっくりとまつ毛が震えて、綺麗な瞳が現れた。

彼女はしばらくぼうっと眼前を見つめ、それからゆっくりと身体を起こす。

「ん……あ、すみません。寄りかかってた」

「いや」

答えつつ、まだ眠そうな彩葉の目元を優しく擦った。彩葉は頬を緩め、目を細めて俺を見る。そっとキスをして離れる。ゆっくりと列車がスピードを落としていく。

「……ありがとうございました」

彩葉がぽつりと言って、俺を見上げる。

「楽しかったです」

柔らかな微笑みに、何か特別な色がないかと必死で目を凝らした。

彩葉をじっと見つめる俺に、彩葉が目を向けて口を開いた。

「あの――子供、ですが」

目を瞬いた。まさか、ずっと考えてくれていたのか？

「私は、どうしても……自分が母親のようにおかしくなるのではと不安なんです。そのときに、きっと私たちに子供がいたら傷つけてしまう……」

真剣で、静かな声だった。

自分が恥ずかしくなる。彩葉は「生まれてくる子」のことを考えていて、俺は自分が彩葉を縛り付けることしか考えていない。

けれど、それでも──

かわいいだろうなと思う。

「……授かりものだからな。必ずしもと言うわけではないけれど」

俯いた彩葉を見ながら一息ついて、続けた。

「もし君が俺との子供を産んでくれたら、──子供のことを優先的に考えよう。育休だって何がなんでももぎ取るし、万が一もないと思うけれど、君が『おかしく』なってしまったら、きちんと対処する。……子供をちゃんと愛するよ。君は望まれて産まれてきたのだときちんと伝える」

ぱっと彩葉が顔を上げた。その瞳が、あまりにも嬉しそうで目を瞠る。

「ほんとうに？　ちゃんと子供を最優先にしてくれますか。きちんと愛してくれる？」

「ああ」

真っ直ぐに彼女を見つめながら答える。

同時に納得した──彩葉が自分にあまり自信がないのは、やはり両親から彼女は「いちばん」にしてもらえなかったからだ。

彼女の両親は、お互いがお互いを愛しすぎていて、彩葉はあくまで伴侶の付属物でしかすぎなかった。最優先は夫であり、妻で。

彩葉はいちばんに愛されたかった。

兄弟でもいれば違ったのだろうけれど、彩葉は三人家族でずっとひとり「異分子」だったのだ。

ぐっと胸が詰まる。

子供はもちろん、彩葉本人も、同じくらい大切にしたいと思う。

彩葉は俺の最愛で、それは子供が産まれても変わらない真実だから。

「なら、考えます。子供、欲しいかどうか、ちゃんと」

彩葉が柔らかく笑う。笑窪が浮かんで、消えた。

俺はどうしようもなく、彼女が愛おしい。

ただ、伝え方が分からない。

彩葉を失わずに、どうやって愛を伝えたらいい？


列車を降りると、びゅうと冬風が冷たい。高架の駅から神戸の街を見下ろし、彩葉が唇を尖らせた。

「雪国にいるより風、冷たくないですか」

「ビル風のせいかな」

海から直接吹いてくる、雪片が入り混じる風。雪は積もることはないけれど——

「あと、雪ってあったかいですよね、積もってると」

「それもあるよなあ」

ボストンバッグを片手に、もう片手で彩葉の手をぎゅっと握りホームを歩く。三が日が明けていない三ノ宮駅は人でいっぱいだった。

前方から歩いて来た男性と、軽く肩がぶつかる。お互い頭を下げた矢先、彼の視線がすっと滑るように彩葉に移動した。そうして大きく笑を浮かべる。

「彩葉！」

「え？　あ、うわ、せーいちくん、久しぶり」

彩葉の顔にも笑みが浮かぶ。親しそうな口調に、呼び方に、正直なところ少し……いやかなり、ムッとした。

「神崎から、あー、色々聞いてたけどさ、うん、旦那さんめっちゃ男前やん。結婚式行かれへんくてごめんな」

彩葉にそう言ってからにっこりと俺を見る。「せーいちくん」とやらは茶色に染めたパーマをかけた髪に甘い顔つきで、いかにも女性ウケが良さそうな容姿だった。背丈は俺とそう変わらない。

「こんばんは」

感情を出さないよう、穏やかに言う。「せーいちくん」は俺ににっこりと微笑んだあと彩葉に視線を移し「よければ」と口を開く。

「少しだけ話せえへん？　あっちのデパートにウチのカフェ出店したばかりで」

「え！　そうなの、おめでとう」

彩葉が嬉しげに言う。

……仕事関係の知り合いだろうか。

いや帰ろう、と言うのも気が引けて俺と彩葉は「せーいちくん」とやらに連れられ、地下街を経由して彼のカフェへ向かう。道中、彩葉が何度か俺に説明しようとするたびに「せーいちくん」が口を挟んできて軽く苛立つ。

何か含みがあるような……

店の名前を見て少し驚いた。俺ですら名前を知っている神戸スイーツ、それもチョコレートの有名店——確か二代目だか三代目だかがフランスでも修行して大きな賞を獲ったとかでニュースになっていた。

その本人か。

確か名前は……

驚きが顔に出てしまったのか、「せーいちくん」は嬉しげにニヤッとした。それが挑戦を受けている気になり、腹の奥がわずかに熱くなる。

「えーすごい」

席に通された彩葉はメニューを広げ、ドリンクメニューに夢中だ。

円形のテーブルに、均等に三人で座る。

「やろ？　飲み物にもこだわってん」

「さすがフランス在住だよね、フレーバーティーも豊富」

俺はブレンドを注文して、彩葉は珍しく紅茶だった。両方ともにチョコレートが付いてくるセットだ。

「……そろそろ説明してもらっても？　内田さんと君の関係」

「あれ、オレの名前ご存じです？」

関西のイントネーションでそう言われ、俺は頬を緩めた。

「有名な方ですから」

「あっは、ありがとうございます――ちなみに彩葉とは高校の同級生っす。同級生っていうか」

「あー、せーいちくん、これって茶葉はフランスから？」

彩葉が唐突に口を挟む。下手くそな誤魔化し方に、こいつが彩葉の元カレなのだと直感した。

――もしかしたら彩葉の「初めて」はこの男だったのか。

そう思うと腸が煮え繰り返った。過去のことなんか関係ない。そう思うのに嫉妬が全身から溢れそうで――

俺以外の誰かが彩葉に触れたことがある事実が、どうしても許せない。

変だと思う。

どうして俺はこんなに彩葉に執着していて、愛していて、気が狂いそうなんだろう。

分かっているのにどうしようもなかった。篠原との会話が頭をよぎる――そうか、やはり俺は病気に違いない。

おそらく傍目には穏やかな表情をしている俺の目の前で、ふたりは会話を続けていた。

「せやで。フランス直輸入。俺がリヨンまで行って茶葉選んできてん」

「せーいちくん、目が利くからなあ」

感心するように言う彩葉に、内田が笑った。

「目やなくて舌と鼻な。彩葉も一緒やけど。天才やと思うわ」

「え、わ、嘘。ありがとう」

一流のパティシエ……いや、ショコラティエというところか。とにかくそんな彼に褒められると面映ゆいのか、彩葉の頬が赤くなる。腹が立った。

「そのうちまた飲みたいわ、彩葉の紅茶。絶品やから」

つい、本当につい、眉を上げてしまった。

驚いた顔の俺を見て内田が得意げに言う。

「あれ、旦那さん知らんのですか」

内田の目には明らかな敵意があった。

「彩葉、紅茶淹れるんもめっちゃ得意なのに」


俺が知らない彩葉を、別の誰かが知っている。心臓を掻きむしりたくなる。『病識がないのはやばい』と篠原は言っていたけれど、ようやく自覚した俺はさらに「やばさ」が増している気がする。

帰宅して早々、玄関先でコートさえ脱がずに彼女を抱こうとしているのだから。

「は、忠義さん、……っ、んむ……っ」

両頬を包み、唇を重ねる。内頬を舐め、歯列をなぞり、舌を甘噛みした。口蓋をざりざりと舌で舐めると彩葉の肩がびくっと揺れる。

唾液を飲み込ませ、下唇を皮膚を破るぎりぎりの強さで噛んでから、ようやく唇を離す。

「は、あ……どうしたんです？」

困った顔をしている彩葉だけれど、首筋が興奮で赤くなっているのを見て昏い満足感で下腹部が滾る。それをぐいっと押し付け、耳元で「彩葉」と名前を呼んだ。

「シたい、彩葉」

「ん、……っ、とりあえずっ、部屋に」

「いやだ。待てない」

首筋に強く吸い付く。嫉妬で身体が勝手に動いて、まるで自分のものではないように思えた。彩葉が大きく息を吐く。

「ここまで襲うのを我慢していたんだから、褒めてくれ」

「ええ、っ、なんで……っ」

ベロベロと彩葉の肌を舐める。彩葉の匂い、彩葉の味。俺だけが知っていればいい。

さらりとコートを脱がせ、抱きしめた。

厚い生地のワンピースをたくしあげ、太ももをタイツ越しに撫でる。ゆっくりと指先でなぞり、付け根に指を這わせ——軽く笑った。

「濡れてる」

「……っ、だって」

上目がちに俺を見る瞳は、情欲で潤んでいる。

「最高にエロかわいい」

そう伝えると、彩葉がさっと目を伏せた。耳まで赤い。首筋には、俺が残した鬱血。

下着ごとタイツを太ももの中程までずらし、直接触れる。ちゅくっと音がして、俺の中指はあっという間にぬかるみに沈んでいく。

「あ、あ、あっ」

ヒクヒクと肉襞が蠢き、吸い付く。彩葉が微かに腰を動かす。気持ちいいのが伝わってくる。

「かわいい」

〝愛してる〟の代わりにそう呟き、ゆっくりと指で抽送を始める。彩葉が感じる浅い場所を指の腹で擦ると、ほどなく肉襞が甘く痙攣しだす。

身体の奥の熱を逃すように、彩葉の肌がしっとりと湿った。指を締め付けてくる肉厚な粘膜が愛おしい。

「イってるの分かりやすいよな、彩葉」

「ん、そんな、こと……っ、あ！」

彩葉が身体をくねらせ、腰を引こうとする。俺が指を増やし、奥でバラバラに動かしたからだ。

ぐちゅりと淫らな水音がする。手のひらに温く蕩けた液体がゆっくりと落ちてくる。

「あ、あ、あ」

快楽から逃げようとする彩葉を片腕でかき抱き、構わず奥を指で弄り続ける。

「子宮、降りてきてる」

子宮口に指で触れると、彩葉が半分悲鳴のように喘ぎ俺にしがみつき、首を横に振る。

「だめ、だめっ、忠義さ……んっ、無理、イく」

「イかせたくてやってるんだから、イってもらわないと」

もう一本指を増やし、その指で浅いところも最奥も両方ぐうっと押し上げる。細く高く嬌声を上げ、腕の中で彩葉が絶頂した。

「かわいい」

そう告げて、俺は彼女を後ろに向かせて両手を壁につかせる。

膝が笑っていて、今にも座り込んでしまいそうな彩葉が愛おしくて、そのうなじに強くキスを落とし、噛み付いた。びくっと彩葉が肩を揺らす。そっと腕を撫でると、ふと力が抜ける。

うなじの下、首の骨をなぞって舐め、肌に強く吸い付いて痕を残す。きちんと残っていることを確認してから、ゆっくりと身体を離す。

ベルトを緩め、投げ出したボストンバッグからコンドームを引っ張り出し、装着した。

入り口に擦り付けると、ぬるぬると滑る。

「……本当はこんなもの、着けたくない。君との子供が欲しいから」

彩葉の細い肩がぴくっと震える。安心させるように「ちゃんと着けた」と告げてからゆっくりと熱を泥濘に沈める。

ぬぷ、と膨れ上がった先端が包み込まれて、それだけで最高に気持ちがいい。

「あ、あっ、あっ」

先端だけをごく浅く抽送すると、それに合わせて彩葉が喘ぐ。彼女の気持ちいい、浅いところを何度も擦ると、やがてきゅっと締め付けて彩葉はイく。

「はー……かわいい」

一気に奥まで挿れ込んでしまいたいのを我慢して同じ動きを繰り返す。肉襞は奥へ奥へと誘おうと収縮するも、必死で耐える。

「た、だよし、さん」

彩葉が頼りない声で俺を呼ぶ。

「ね、なんで……ぁ、挿れてくれない、のっ」

「ん?　挿れてるだろ」

かぷりと耳に噛み付いた。

食べてしまいたい。けど、本当にしたら痛いだろう。彩葉が痛いのは嫌だ……

「あ、違っ、そのっ……はぁっ、奥、までっ」

彩葉の粘膜が焦らされて充血していくのが分かる。そのたびに潤みが増し、きゅっと俺を締め付けた。

けれど、まだ。

俺は彼女から求められたい。誰でもない、俺を。

「奥まで？　何を」

耳を舐めながら低い声で囁き、ゆっくりと顔を覗き込む。

「っ、いじわる……っ」

彩葉の頬は真っ赤。俺はあえて笑ってみせて、ぐいっと浅いところを突き上げた。

「ぁあ……んっ」

彩葉の腰がゆらゆら揺れる。俺を全て咥(くわ)え込もうと必死だ。

「じゃあ、彩葉。誰の、かは教えてくれるよな？」

頭にキスを落としながら聞いてみる。髪の毛からは、彩葉の香りと、冬のにおい。

「え、っ」

「誰ので奥ガシガシ突いてほしいのか、って、こと」

少しだけ深く挿入する。彩葉のナカが悦(よろこ)びうねるけれど、すぐに腰を引いた。

「あ、もっと……っ」

切なそうに言われ、胸が痛み、しかしそれ以上に満足感を覚えた。

「誰の」

低く聞く。声が掠れた。

なあ彩葉、誰のが欲しい？

「た、だよし、さん……っ、ぁあっ！」

名前を呼ばれた瞬間に、いちばん奥まで突き上げる。彩葉は高く喘ぎ、背中を反らせた。細い手が宙をかく。その手を握りしめ、ゴツゴツと抽送を速めた。

狭いナカを屹立が締め付けられながらぬめりを帯びてズルズルと動くたび、膨らんだ先端が熱く蕩けそうな媚肉をひっかく。そのたびに肉襞が吸い付いて絡みつき、たまらなく気持ちがいい。

それは彩葉も同じみたいで、腰を足を震わせて何度もイっているようだった。そのたびに締まりが強くなり、蠕動し、不規則に収縮する。たまらず欲を吐き出した。

「かわいい、彩葉」

イきすぎて足に力が入らなくなった彼女から自身を引き抜き、横抱きにして寝室に運ぶ。

仰向けにベッドに寝かせ、先端に白濁を溜めたコンドームを外して捨て、新しいものを着け直した。

彩葉の喉がひくついたのは、俺が硬さを失っていなかったからだろう。

あますところなく、彩葉を抱き尽くさないと気が済まない。

下着ごとタイツを脱がせ、細い足首をうやうやしく持ち上げた。

「……？」

とろん、とした目でこちらを見上げる彩葉から視線を逸らさず、ぺろりと足の裏——土踏まずを舐める。

「っ、ちょ、忠義さん！　何をして……っ」

「？　足を舐めてる」

「だめ、ばか、やだ……っ」

羞恥でか、彩葉の頬がぶわっと朱く染まる。とても素敵なものを見た気分で、俺は彼女の足の指と指の間にも舌を這わせた。

彩葉のことを食べたくて仕方ない。どこなら痛くないだろうか。

ちゅっと足の親指を口に含み、吸ってみる。爪なんかどうだろうか……しかしちゃんと切り揃えられている、と爪と肉の間も丹念に舐めながら思う。

「やだ、忠義さんっ、変態っ」

彩葉のかわいらしい抵抗の声に、思わずふはっと笑って口から足指を抜く。

「変態か。なるほど、自覚がなかった」

ヤンデレだの変態だの、一体側から見て俺はどう見えているのだろう？　ただ彩葉が愛おしいだけなのに。

面白い気分で、彩葉の足の甲にキスを落とす。膝を撫で、太ももに舐め噛み付いて、内腿にキスマークをつけ、それから下腹部にも唇を落とす。

子宮のあるあたりに吸い付いて痕を残し、臍を丁寧に舐めると彩葉の肌に再びじっとりと汗が滲む。

「臍、舐められるの好きなのか」

「ふ、ぅっ……だめ、いろんなところ舐めないで」

「ダメだ。……君を食べてしまいたいのだけれど、どうやら無理そうだからせめて舐める」

「ん、んんっ、何、言って……っ」

足の付け根に触れると、くちゅっと水音が鳴る。そのまま指を一本差し挿れ、臍から脇腹を舐め上げた。

「あ……！」

「やばい、美味しい」

「美味しいはず、ない……、っ」

快楽にぴくぴくと身体を震わせる彼女の肋骨を唇でなぞり、硬くしこった乳房の先端を舌先で突く。

「あ、あっ」

大げさなほどに彩葉の腰が揺れ、ナカの熱い肉が俺の指をきゅっと食いしばる。

「かわいい、彩葉……」

囁きながら、胸の間を舐め鎖骨に辿り着く。その間にも指をナカで蠢かすのはやめない。鎖骨を甘噛みし、頸動脈のあたりにまたキスマークをつける。

俺のだって証拠を。

ずるりと指を引き抜き、濡れた手で太ももを掴み大きく足を開かせた。

かわいらしく収縮する入り口に、再び深く挿入する。一気に奥までねじ込んだ。

「あ、――……！」

びくん！　と彩葉の腰が跳ねる。構わず真上から突き落とすように最奥を抉る。子宮口が先端に当たり、奥は潤み蕩けてわななく。

「む、りっ、きもちぃ、だめ」

少し舌足らずに彩葉が喘ぐ。つい頬を緩めた。

ダメなのか、悦いのか。あるいはその両方か。

首筋に噛み付く。ごく軽く、けれど皮膚を突き破るぎりぎりの強さで。痕が残ればいいと思う。俺を彩葉に刻みつけたくて仕方ない。

押しつぶすように抱きしめて、腕の中で何度も絶頂する彩葉の耳を食み、吸い付く。

俺のだ。

はあはあと呼吸を荒くしながら、ただ思う。

俺のだ。俺の女だ。

彩葉が俺の首に腕を回してきた。

重なる皮膚が汗で湿っている。彩葉のにおいが強くなる。お互いの心臓が大きく拍動しているのが分かる。彩葉の嬌声が入り混じる呼吸が荒い。愛してる。

彩葉はずっと詐欺を疑っていたけれど、それはまさしく正解だ。ただ、金ではなく彼女自身を手に入れるための姑息な詐欺。

ただ誰に――彩葉自身にさえ誹られようと、呆れられようと、絶対に手放してやらない。

「彩葉――……」

名前を呼びながら、薄い皮膜越しに全て吐き出す。

脈打つ屹立を奥に擦り付けてずるりと引き出すと、彩葉と目が合った。

「……忠義さん」

喘ぎすぎて掠れた声が、ひどく甘く感じた。もしかして、彩葉もまた、俺に恋をしてくれたのではと勘違いしてしまうほどに。

それでも、その響きは最高に胸を高鳴らせるもので——

「彩葉。明日まで休みだよな？」

「そ、の予定……です……」

そう答えながら、何か言いたげな彼女に「どうした？」と首を傾げて見せた。

「その……忠義さん、どうしたんですか？　普段こんなじゃ」

「……君から見て、普段の俺って？」

「えっと、なんかこう、余裕が」

困惑気味に下げられた眉と、上気した頬が艶めかしい。俺は笑ってしまう——君の前で余裕があったことなんか、一度もないのに。

「忠義さん？」

彩葉の服を無言でするすると脱がせる。一糸まとわぬ姿の彼女の柔肌に唇を這わせた。その全てに痕を残す。絶対に他の誰にも触られないように。

感情が溢れて口からついて出そうで怖い。

ずっと好きだったという言葉をごくりと飲み干し、代わりに柔肌にごくごく軽く、噛み付いた。

俺のものだという証をつけていく。

【四章】

神戸の中華街、南京町にも春節がやってきた。爆竹が鳴らされ、中国風のシーズーみたいなかわいらしいモフモフの獅子が銅鑼と鐘の音に踊り、鮮やかなオレンジの龍が商店街を練り歩く。時折鳴る爆竹の音に、ひしめく観光客からは楽しげな声が上がっていた。

「誘ってくれてありがとうございます、実は初めて来ました」

獅子舞を眺めながらの私の言葉に、忠義さんが少し驚いて眉を上げた。

「そうなのか？」

「混みますしね」

「まあ、地元に住んでるとそんな感覚かもな」

忠義さんは苦笑して私の手を引く。彼が私と手を繋ぐのはきっととんでもない人混みだからだ。はぐれないように——

そのはずだ。

そう思う。

なのに……どうしてだろう、最近の彼の言動に、妙に甘さを感じてしまうのは。

つい見上げると、目が合った。思わず息を呑む。忠義さんはじっと私と目を合わせたまま、手の繋ぎ方をするりと変える。指と指を絡める恋人繋ぎだ。

ドキドキとしてそっと目を逸らし、マフラーに顔を埋めた。

曇天からはちらちらと細雪が降り出していた。

忠義さんに誘われて、中華街の隅っこにあるカフェに入る。中国茶と台湾茶のカフェらしい。

「へえ、こんなお店あったんだ」

中国風の雑貨が所狭しと並ぶ、異国情緒溢れる店内に目を瞠る。

黒檀のテーブルに向かい合って座り、中国茶を頼んだ。茶葉だけの販売もしているらしく、どれを買って帰ろうかメニューを眺め散々悩んでしまう。大した会話もなくウンウン唸る私を、忠義さんは優しく見つめてくれていた。

ややあって透明のガラスのティーポットに入ってサーブされたそれについ目を細めた。

「綺麗」

綺麗なエメラルドグリーンのお茶の中で、茶葉が揺れる。中国緑茶をベースにベルガモットや食用花の花びらがブレンドされていた。

忠義さんはホットの烏龍茶を頼んで口を開く。

「神戸出身の部下に聞いたんだ。デートにいい場所はないかって」

「デート」

その言葉にちょっと目を泳がせてしまう。忠義さんはにっこりと笑った。

「デートだろ？　夫婦で出かけてる」

「で、デート……かもしれません」

窓の外で、春節を祝う爆竹の音がする。ああ、他意はない、他意はないんだろうけれど、そういう言い方はずるい。

「照れます……」

「どうして」

「どうしてって」

ばちりと目が合った。忠義さんがテーブルの下で私の手を握り、男性らしい筋張った指で手の甲を弄ってくる。くすぐったい——以上に、どこか官能的な動きに目を泳がせた。

「彩葉？」

忠義さんが甘くて低い声で言う。

ずるい、ずるい、ずるい。

もしかしてこの人は、私の気持ちに気がついているのかもしれない。その上でからかって——いや、そんなはずはない。だって彼は恋愛感情を求めてない。

「なんでこんなことするんですか」

「こんなことって？」

「手、繋いだり、とか」

忠義さんは黙って私の手を弄り続ける。ゆっくりと指の間、水かきを撫でたり指先を摘んだり、かと思えばぎゅっと指を絡めて握ってみたり。

「彩葉の手がかわいいからかな」

今度は手のひらを親指の腹で撫でながら彼は言う。

「かわいい？」

「小さくて、華奢で」

不思議だな、と彼は言う。

「こんなに小さいのに、コーヒーをすごく上手に淹れるんだから」

「……そです？」

「すごくうまい。……離れたくないな」

忠義さんがぽつりと言う。途端に胸がツキンとした。

もしかして、私と離れることを考えてるの？

脳裏に浮かぶのは、あの綺麗な女性のこと。

きゅっと手を握り返した私に、忠義さんが顔を上げて私を見た。ゆっくりと微笑むと、なぜだか
彼は幸せそうに笑う。

……全く意味が分からない。

「なあ彩葉」

忠義さんが穏やかに言う。

「伝えたいことがあるんだ。その、四月の、君の誕生日に」

歯切れの悪い言葉に首を傾げた。

「誕生日に……ですか？」

「そう」

忠義さんは私の爪を撫でて頷いた。

「きちんと話したい。……君に謝らなくてはいけないし」

「謝る？」

内臓の奥がざわりとした。

やっぱりあの女性のことを考えてしまう。

彼と親しげにしていた女性。平山有希乃さん。モデルだとかいう、綺麗な人。

「そ、れは……離婚、とか？」

ぱっと忠義さんが顔を上げた。表情のないかんばせに反射的に息を呑む。

「まさか」

低い、掠れた硬い声が鼓膜を揺らす。

「するわけがないだろ？」

「……です、か」

「したいのか？」

忠義さんが冷たく笑った。背中がゾクッとして、慌てて首を横に振る。忠義さんはゆっくりと表情を緩め、「二度と言うなよ」と嘘みたいに穏やかな声で言った。

「は、い」

気圧されながら、それでも、嬉しかった。

私はすっかり病んでしまっているのかもしれない。彼に恋焦がれすぎて、もう、どうしようもないほどに蝕まれている。

お店を出るときも手を繋いでいた。大きな彼の手は私をすっぽり包んでしまう。

「土産に何か買って帰るか？」

さっきのカフェで買った中国茶と台湾茶が入った紙袋片手に、忠義さんが言う。

「あ、胡麻団子食べたいな。どうですか？」

「いいな。さっき買った中国茶にも合いそうで」

有名なお店の名前を告げると、彼は微笑んで頷いた。

「でしょう？　淹れますよ〜。あ、でもあそこの店の胡麻団子、案外と紅茶も合うんですよね」

「そうなのか」

「この間、お土産にもらったフレーバーティーなんかどうですか」

晴一くんのお店に行ったときにもらったお茶を思い出して言うと、忠義さんが微かに笑った。

「彼、あれか。元カレか？」

「えっ」

私は目を瞬く。ば、バレて……

「ご、ごめんなさい。でもすぐ別れて、なんていうか友達で」

友達の延長でなんとなく付き合って、でも手すら繋がないままに別れた。お互い友情の延長でしかなかったから……ていうか、そんなふうだから晴一くんは元カレにカウントしていいかさえ曖昧だ。

それでも慌ててしまった私に、忠義さんは不思議そうに目を細めた。

「どうした？」

「……あ」

私は頬が熱くなるのを感じた。

別に嫉妬してほしかったわけじゃない。ただ、その片鱗さえないのはちょっと……なんていうか……切ないなあ、もう！

「あはは、すみません。……あ、結構並んでる」

話を逸らそうと、目的の中華系スイーツの店の行列を指差した。

「俺が買ってくる」

南京町の大理石の門、大きな片側二車線の道路の向こうにあるデパートを忠義さんは指差して続けた。

「寒いから、君は店の中にいるといい」

「え、いいですよ」

「風邪をひいたらだめだろ」

冷えてるんじゃないか、と彼は私のマフラーをとても丁寧に巻き直す。

「でも」

「いいから」

忠義さんは「絶対に譲らない」って顔をして言った。妙な凄みを感じて、おずおずと頷く。

「……じゃ、地下の豆屋さんにいます」

地下にあるコーヒー豆のお店にいると告げて、ありがたくデパートへ向かう。門の横にあるパンダがのった自動販売機の前を通りすぎ、横断歩道の雑踏を抜けてデパートに入ると、暖房が暖かい。

「本当に冷えてたかな……」

エスカレーターで地下に降り、お店に向かおうと歩き出したとき、スーツ姿の男の人にぶつかりかけた。

「あ、すみませ……」

思わず目を丸くして立ち止まる。甲本次長だったから……身体の芯がピリッとして、指先が動かなくなる。心拍が厭な感じで速くなる。

まだ、ああ、どうしてこんなにこの人が怖いんだろう。

一方的に怒鳴られ続けて、仕事でも嫌がらせをされて、嫌な噂を流されて……

でもそれは、もう何年も前のことで。

「笹部」

鼓膜を大嫌いな声が叩く。逃げようと、ふらつく足元を堪えて必死で動かした。甲本さんがついてくる。

いやだ、こわい、逃げなきゃ！

買い物客の間を縫うように、隅っこにある階段に逃げ込む。足がちゃんと動かなくて、うまく階段が上れない。

「笹部。本当に悪かった」

人気のない冷えた階段の踊り場で捕まって、震える私に彼はそう告げた。

——謝罪？

「え」

思わず彼を見上げると、次長は眉を下げて申し訳なさそうにしていた。

「次長……？」

「もう次長でもないんだ。降格して」

「そ、そうなん、ですか」

震える声で返事をしながら考える。

そうか、この間言っていた査問会議でおそらくそんな感じの処分が下ったのだろう。ということは多分、ここにも外回りの仕事で来ているのだと思う。

「……それでな、やっぱり笹部にも謝ろうと思って」

「は、はい。分かりました」

本当はこれくらいで終わらせてはいけないのかもしれないけれど、早く離れたくてとりあえず頷く。

じっと足元を見つめているも、甲本さんは離れようとしなかった。不思議に思って顔を上げると、甲本さんがこれまた不思議そうに私を見ていた。

「あの……？」

「いや、オレが謝ったんだし、笹部も謝ってくれないかな」

「え……？」

甲本さんはとても真面目な顔で言葉を続ける。

「目上の人間が謝罪したんだぞ？　お前がフォローしなくてどうする」

「フォロー……って」

「ほんっ……とお前、社会人向いてないよなあ」

心底呆れた声で甲本さんは続けた。

「こういうときは『とんでもないことです、私が悪かったのに』とか」

息を吸う。なんで、私が……

そう思うのに言葉が出ない。舌が回ってくれない。

「まったく、仕方ないな。マナーも何も理解していない笹部にもチャンスをやろう」

つらつらと甲本さんは得意げに喋り続ける。

「今からオレに誠心誠意謝罪しているところを動画に撮ってやる。それで許してやろう。頭取と、支店長と、それからオレの嫁とに向けて謝れ」

「お、奥様？」

「そうだよ！　お前のせいで出て行った」

鼻息荒く、彼が言う。

「そうだな……『私が誘惑したせいで、甲本さんには大変なご迷惑をおかけしました。全責任は私にあります』とかでどうだろう」

ゆるゆると首を振る。

どうしてそんなふうに言えるの。思えるの？

「あ？　断るつもりか？　お前のせいでこっちはしなくてもいい苦労をしてるっていうのに！」

怒鳴られて、びくっと肩を揺らした。反射的にどっと涙が溢れ出る。

「オレは間違ってない。だから変になったのは、お前のせいだ」

私はふらつく足で座り込む。

怖い、怖い、怖い――

誰かの荒い足音がして、私は抱き上げられて目を丸くする。はあはあと荒い呼吸は、急いで走ってきたからだろう。

「忠義さん？」

細くて掠れた声で彼を呼ぶ。ぎゅっとさらに抱きしめられて、安心でぶわっと涙が零れ落ちた。

忠義さんにしがみつくと、頭の後ろを優しく撫でてくれる。

「すまない、ひとりにして」

柔らかな声だった。ホッとして首を振る。

甲本さんが甲高く口を開く。

「っ、またお前か。婚約者だかなんだか知らないが、オレは上司としてこの非常識な女に世間というものを――」

「非常識はどっちだ」

低い声で忠義さんが唸る。

「接近禁止の警告が出ていたはずだろ？」

ぐっと甲本さんが息を呑む。警告？

見上げた先で忠義さんが眉を下げた。

「すまない、勝手なことを――けれど、何かあってはいけないと思って所轄からつきまといで警告を出してもらっていたんだ」

私は目を丸くした。そうだったの……！

「この場で殴ってやりたいくらいだが」

本気でやりかねない声で言って、忠義さんは私を抱えて歩き出す。

「再度の警告は裁判官の心証を悪くするぞ？　それから、職場の方にも通告させてもらう」

「あ、わ、それはやめろ。これ以上……って裁判⁉　ど、どういう」

「次に彩葉の視界に入ってみろ。警告ではもう済まさない」

慌てふためく甲本さんを尻目に、忠義さんは長い足で階段をさっさと上っていく。一階フロアの婦人雑貨コーナーで、ようやく私は床に下ろしてもらえた。

「……クソが」

忠義さんがぎゅうっと私の手を握る。辛そうな彼がとても不思議だ。

どうしてそんな顔をするの。

「守ると約束したのに、嫌な思いをさせてしまった。すまない。君の後を追う甲本を見つけて、急いで来たんだが一度人混みで見失って……」

「いえ、その、……ありがとうございます。手を打ってくれていたんですね」

「当たり前だ。君のことだぞ」

憮然として忠義さんは言う。

「ひとつも嫌な思いをさせたくないのに」

何度か瞬いて彼を見上げる。

どうしてそんなことを言ってくれるのだろう？　なんでそんなに優しいの？

私は眉を下げて首を傾げた。

「ね、忠義さん」

「……」

眉根を寄せたまま私を見て、ハッとしたように強面を緩めた。

「どうした？」

「私、帰って胡麻団子食べたいです。さっき買ったお茶も淹れてみたいし」

忠義さんがわずかに目を瞠って、それから眉根を開く。

「そうだな。帰ろう」

大きな手のひらを握り返す。

その手の温かさに、びっくりするくらい安心する。離れたくないと思う。彼の感情が分からない。

どうしたらいいんだろう。

彼を繫ぎ止めておきたい。

そんなふうに悩んでいるある日。

マンションの前に平山有希乃(ゆきの)さんが現れた。相変わらず綺麗な人で、私は頭が痺(しび)れたようになって、何も考えられなくなってしまった。

平山さん。少し前、忠義さんとくっついて歩いていた女性……！

二月の初旬の夜、お店の帰りのことだった。

「あ、こんばんは。忠義さんの奥さんやんね。お久しぶり。覚えてる？」

私は頷いたのだろうか？　それとも何も反応できていなかった？

冬の夜風が吹いて、耳の奥までキン……と冷える。

マンションの合間に真っ白な満月が見えた。

平山さんは私の反応なんかどうでもいい、といった風情でさらりと髪をかき上げ、微笑むのがエントランスの灯で分かる。

綺麗な人だ。年齢は私と同じくらいだろうか。

緩くパーマのかかった艶やかな髪、長いまつ毛に縁取られた大きな目、自分は美しいのだという自信に満ち溢れた表情。

ウエディングドレスを着ていたときも思ったけれど、私と違ってスタイルがいい。とても女性的で、蠱惑的に思えた。

「なぁんや、メイク薄いと思った以上に普通の顔やん。写真は見せてもらってたけど」

びくりと指先だけ反応できた。心臓がぎゅっと冷える。『写真は見せてもらってた』？　誰に？

……忠義さんに？

どうしてマンションを知ってるの？

また風が吹く。平山さんが眉を顰めた。

「寒。なあ、寒ない？」

緩慢に頷くと、平山さんは「せやんなあ」と唇を尖らせた。

「せやから単刀直入に言うな？　忠義さんと別れてほしいんよ」

「……」

いやだ、と思った。大きな声で叫びたかった。

なのに首を緩く横に振るので、精一杯。言葉が何も出てこない。

「なんや全然喋らん人やねえ。普段からそんな？　忠義さんもつまらんやろな。まあええわ、忠義さんな」

あえてのように一拍置いてから、平山さんは続ける。

「あの人な、責任取ってくれる言うてん。分かる？　責任」

うまく私は息ができているのだろうか？

責任を取る――って、忠義さんは。

この女性と。

寝た、の？

「やから別れて？」

平山さんが笑う。

目を三日月みたいにして、猫みたいに綺麗に笑った。


「彩葉、……彩葉？」

忠義さんが私を何度も呼ぶ声がして、ようやく私はハッと気がつき振り返る。

「寒くないのか？　どうしたんだ、ベランダなんかで」

スリーピースのスーツ姿の忠義さんが掃き出し窓を開きながら立っていた。その息は白く、冬の空気に溶けていく。

「んー……考え事です」

私は膝を抱えていたキャンピングチェアの上で首を傾げて笑って見せた。身体の芯が冷えていて、肺まで凍りついたような気分だった。

できるだけ元気っぽく見せたつもりだったけれど、忠義さんはその整った強面にありありと心配の色を浮かべて私のそばまでやってくる。

「冷えてる」

ゆっくりと私の頬に触れ、忠義さんは低く言う。

「今日、寒いですよね」

「それなら余計に……どうした？　何があったんだ」

「なんにも」

私は彼からそっと目を逸らし、位置を変えた月を見上げる。

「なんにも、ないです」

聞けば終わる気がした。

きっと離婚はない。だって離婚はどうやら忠義さんの経歴に瑕（きず）を残すもののようだから。『二度と言うな』と釘を刺してくるくらいだもの。

ただ、聞いてしまったらもうこんなふうに甘く接してもらえない気がした。

ほんとうは、あの人が恋愛対象なの？

どうしてそれなら、あなたは私との赤ちゃんを欲しがるの。

前はなんでも口にできたのに、今や私は臆病で小さな疑問すら口にできない。

忠義さんが私を抱き上げ、寒さから守るように抱きしめて部屋に入る。ソファにお姫様みたいにうやうやしく下ろしたあと、窓を閉めてまた戻ってくる。

「彩葉」

低い声が少し掠れていた。

ソファに座った忠義さんが、私を膝に乗せて後ろから強く抱きしめてくる。あったかくて、ほうっと息を吐く。

首筋に彼の高い鼻の頭が触れる。その鼻先が耳の後ろや、頸にも触れて。

でも性的なものじゃなかった。ただ慈しまれているような気さえする。

振り向くと、額が重ねられた。至近距離すぎてピントが合いづらい距離で、忠義さんがまた私を呼ぶ。彩葉、と迷子みたいな声音で。

「何を考えているのか、教えてくれないか？」

「……秘密です」

まつ毛が触れ合いそうな距離で、忠義さんが軽く目を瞠り、瞬いた。思わず笑う。

「だって忠義さんだって、秘密があるでしょう？　私と結婚した、本当の理由……」

「まあな」

そう呟くように言いながら頬擦りされて、くすぐったくて身を捩る。

「ふふ、くすぐったい」

「くすぐられるの、苦手か？」

ほんの少しいたずらっぽくなった声色で、彼は大きな手を私の脇腹に這わせる。いつもの淫らな触り方じゃなくて、明確にくすぐろうという意図をもった触れ方。

「あ、もう、こら、忠義さんっ」

きゃあっ、と半分悲鳴みたいな声を上げながら笑う。彼の手を逃れて逃げようとするけれど全然無理で、むしろ途中からソファに押し付けられ、くすぐり倒される。

やがて触れ方がゆっくりと、いたずらめいたものから、いつもの色めいたものに変わっていって。

「ん……、あ、忠義さん……」

そう広くはないソファの上でのしかかられ、唇を奪われる。啄むようなキスに、頭の芯から蕩けてきてしまう。

「彩葉。何があろうと俺から離れるなんて思うなよ」

忠義さんの唇がゆっくりと首筋を這って、それから頸動脈のあたりを舌で舐める。

「な？」

やけに甘ったるい声で彼は言って、軽く、ごく柔く、そこに噛み付く。

腰から背中にかけて、ゾクゾクと冷たく甘い電流が走る。食べられると思ったし……そうされたいと思った。

彼の首に腕を回し、彼の頭に頬を寄せる。

「思わないから……」

離さないで。

ねえあの人はあなたの何、と言いそうになって我慢した。だって彼が求めてるのは『仕事に理解のある、邪魔にならないお飾りの妻』なのだもの。

ああもしかして、平山さんはそうじゃなかったのかな。ぐいぐい行きそうだもんね。だからあな

たに選ばれなかった？

（邪魔しないから、離さないでね）

心の中で、そう呟く。

私って嫌な女だな、と思う。汚くてひどい人間だ。彼の妻でいられるなら、それでいい。

自分の執着心が、怖い。

忠義さんが私の肌に吸い付く。そういう性癖でもあるのか、このところ彼は私の身体に彼の痕跡を残し続けていた。

高校の同窓会が開かれたのは、二月の終わりのことだった。場所は三宮（さんのみや）のチェーン居酒屋で、同窓会というよりただの飲み会みたいな感じだった。

「もーほんっま疲れたわバレンタイン。なんやねん日本のバレンタイン」

「あはは、おつかれさま」

「うっちー多忙すぎるわ」

私は里依紗（りいさ）と同じテーブルで焼き鳥をいただきながら、ビール片手にバレンタインが多忙だったと言う晴一くんを労う。

「まあ、これでフランス帰れるわ……」

拠点をパリに移している晴一くんはチャンジャをこまめに口に運びつつぼやく。

「奥さんとお子さん、寂しがってるんじゃないの？」

　一昨年フランスで結婚した晴一くんは、拠点のパリに家族を残して帰国していたらしい。同じパティシエだというフランス人の奥さんとは相変わらずラブラブのようで何よりだ。

「帰ったらしばらく家族サービス優先やな」

　とぼやく彼はなんだかんだ幸せそうだ。

「ていうか、さっきからなんでチャンジャばっかり」

「甘いモン食い飽きてん」

「なんでやねん、ショコラティエのくせに」

　三人でケタケタ笑っていたら、なんだか高校時代を思い出してほっこりとしてしまう。

　晴一くんと付き合ったのはたったの二ヶ月だけで、結局お互いに友達としか思えなくなって――というか、周りに乗せられて付き合ったものの、やっぱり友達としか思えずに別れたのだった。もちろん身体の関係どころかキスさえない。

　それもあってか、あっさりと後腐れなく友達に戻って今に至る。

「そういえば彩葉、旦那さん元気？」

　里依紗がこちらに話を向ける。

「あ、……うん」

　少し言いよどんでしまった。

「元気ないの旦那さん？」

「そんなことは」

「元気ないのは彩葉の方やろ」

憮然として晴一くんが言う。

「ごめんな。彩葉の結婚前に、神崎から何があったか聞いててん、オレ」

「里依紗から……って」

ばっと里依紗を見ると申し訳なさそうに両手を合わせられた。

「ほんまごめん。でもね怖かってん。彩葉になんかあったら、って。結構な額のお金絡んどるし、誰に相談したらいいか分からんし」

「あー……うん」

私は眉を下げて頷く。確かに、逆の立場だったら他の人に話を聞くと思う。五百万と引き換えに結婚だなんて。

「それでな、まあ彩葉が決めたことなら、って静観することにしてん。相手警察官なんは確実みたいやったし」

「せやけど、鼻持ちならんやつやったなー。金で彩葉手に入れた癖にオレのモン面してて。それも、たった五百万ぽっちで」

そんくらいならオレが融資したのに、と言う晴一くんの言葉に首を傾げた。

「そ、そう？　そんな顔、するはずないんだけど」

「いやしてたって。せやから、ちょっとコナかけてんけど……あの反応は。……なあ、神崎」

「だよね？　内田もそう思うよね？」

「せやけど『そう』やとしたら余計筋が通らんのよな。なんでそんな結婚の仕方したんやろっていう」

「せやねん」

「なんか理由があるんかな」

「理由というか、五百万は彩葉と結婚するための口実やったんやないかなって」

「あ、なるほどな」

「ちょ、ちょっと待って」

私はふたりの会話に割り込む。

「なんの話……？」

「え、やから」

晴一はあっさりと言う。

「普通にあのヒト、彩葉に惚れてるで。嫉妬隠しとらんかったやろ」

「はー？」

思わず眉を上げる。

「そんなわけないでしょ」

「なんで」

「だって」

私は一瞬口ごもってから、続けた。

「だって……『こんなふうに結婚したくなかった』って言ってた」

「は？　彩葉に？」

「違う、彼の友達に……そう言っているのを聞いてしまったの」

里依紗と晴一くんは顔を見合わせ、眉を吊り上げた。

「はー？　なんやねん、あれだけ嫉妬しといて」

「だから、嫉妬なんてするわけないの。彼は結婚自体を後悔してるんだから」

「は？　腹立つなあ、なんでやねん、彩葉こんな悩ませて」

「晴一くん、相変わらず彩葉には過保護やね」

「当たり前やろ、友達やぞ？　言うとくけどな神崎、お前がこんななってもオレは怒るぞ」

別れたかつての彼女にさえ篤い友情を隠さない晴一くんが里依紗に憮然と言い放つ。

「あはは、ありがと。でも確かになんで彩葉がこんな悩まなあかんねんとは思うわ。こんなやったら結婚止めといたらよかった。別に彩葉は旦那さん好きなわけちゃうし」

里依紗の言葉にハッと視線を上げ「ちが」と反射的に口にしていた。

「結婚は、できてよかったと、思うの」

「あれ、彩葉、旦那さん好きになったん？」

里依紗の言葉におずおずと頷く。

「へー。ほんなら子供とかも考えとるの？」

「子供……でもほら、ウチ、親がさ。私もあんなふうになっちゃうの、怖いもん」

「彩葉は大丈夫やろ。暴力的なとこないし」

里依紗が笑って言うけれど。

「お、お母さんにもないよ。あんなに嫉妬するの、お父さん限定なの。怪我させたこともないし。ていうか、お父さんはお父さんでアレ楽しんでる節があるし理解不能」

「彩葉のお父さん、ヤキモチ妬かれるんが嬉しくて仕方ないんやろうなあ……まあ、彩葉と旦那さんはそんな変なプレイはしなさそうだし大丈夫じゃない」

「ぷ、プレイって言わないで……」

本当に傍迷惑なんだ、あのふたりは。

ふたりで世界ができていて、実子である私すら入る余地がない。疎外感を常に感じて育ってきた、と言っても過言ではないと思う。

「旦那さんは赤ちゃん欲しがっとるの？」

「あ、う……ん」

小さく頷く。

「え、そんなら作ったら」

「そんな簡単に……無理だよ、無事に妊娠できたとしても、不幸せにしたくない」

「彩葉ならたとえシングルになっても素敵な子育てできそうやけどな？」

私と里依紗の会話をしばらく黙って聞いていた晴一くんが、ビールジョッキを強めにテーブルに置き眉を寄せる。

「あー、あかん。ほんっま腹立つわそんな。散々悩ませて、妊娠前からひとりで育てる算段つけさせんの。それで元気ないんやな？」

小皿のチャンジャを一気に食べて納得しつつ怒っている晴一くんの前で、まさか「違う」とは言えない。

それで悩んでいるのではなくて、「女性といたところを見た」「その人に別れるように迫られた」からだなんて——余計にふたりに心配をかけてしまう気がして、とてもじゃないけれど口にできなかった。

「ほんならさ、オレと一緒にパリ来ぉへん？」

「パリ？　急に何⁉」

「向こうでも直営のカフェ出そかなと。店長しに来てや」

「行かないよ」

「即答かい。残念」

笑う晴一くんと、行けばいいじゃん！　と笑う里依紗。私の幸せを考えてくれる友達ふたり。

だから、ひとりでぐるぐると考えてしまう。

離婚なんかきっとないよね？

彼は私にコストをかけてる。決して安い金額じゃないはずだ。

けれど、それを彼に聞くことはできない。

面倒くさい奥さんになってしまう。彼はそれが嫌だから恋愛結婚しなかったのに。

「離れたくないよ……」

今さらだ。全部が、今さらだ。

結婚してから好きになっちゃうだなんて。

ふと、子供を作るのはどうかなと思ってしまう。

私と忠義さんの、子供。

不幸せにしてしまわないか、それだけが心配だ。

けれど……

たとえひとりで育てることになったとしても、それでもその子を幸せにする覚悟があるのならば。

それに忠義さんは、子供を最優先に考えてくれると約束した。

それならば——望んでも、いいのかな?

私も、普通に子供が欲しいと思っても許されるのかな?

そこまで考えて、私はようやく自分自身の感情に気がついた。

【五章】　忠義視点

平山の相変わらずのしつこさとそれに伴う煩わしいあれこれは、さすがにストレス値を大幅に跳ね上げていた。

「まさか興信所まで雇われるとは」

気がつかないと思われているのが業腹だ。キャリアで経験が浅いと思われているのだろうが、尾行されればさすがに気がつく。自宅までの尾行は撒いたけれど。

「いやまあ、彼女、美人だからなのでは」

原がため息を吐きながら肩をすくめた。

「美人だからなんだ？」

「あー。知ってます？　一部の美人な女性は運転中の事故率高いって噂」

「唐突になんの話だ」

噂ですよ、と置いてから原は続けた。

「交通から聞いたんです。普段歩いてて、美人は道を譲ってもらえることが多いんですって。その感覚で車を運転するから、無意識に道を譲ってもらえると思って事故してしまう、とかいう」

「それが？」

「要は平山さんは美人なので、フラれたことがないって話です」

「つまり、無意識にしろ意識的にしろ、嫁から俺を奪えると信じ込んでいると」

よくもまあそんなことを言えるものだ、と原を見やる。原は読みにくい表情のまま続けた。

「あー、個人的には、綺麗な人って性格もいいと思うことが多いんですけど、時々ノイズみたいに混じりますよね～、ああいうタイプ。甘やかされすぎておかしくなっちゃってる」

「ふざけるな。彩葉より魅力的な人間がいるわけないだろ」

「あは。それをお伝えになっては？」

「逆上して彩葉に接触されたらどうする」

肺の奥深くからため息を吐き出す。

「本当に奥様、大切にされてますねえ」

「かわいいからな」

俺は机の上の写真立てを見た。結婚式の写真だ。儀礼服の俺と、世界でいちばん綺麗な彩葉が写っている。

「かわいい。早く会いたい」

「……重症ですねー」

原が目を眇めて頬に笑みを浮かべる。何が言いたい、と目線を合わせるがするりと逸らされた。言いたいことはあるのだろうが。

と、コンコンとノック音のあと書類を抱えた田中（たなか）警部補が入室してくる。抱えた、とは比喩（ひゆ）ではない。段ボール箱を抱えているからだ。

「部長、すみません。この間の垂水（たるみ）のひったくりの件です。決裁お願いしたいんですが」

「ああ、あれか。捜査報告書、文章は直したんだろうな？　あんなの検事につっかえされて終わるぞ」

「あっは、部長が懇切丁寧に赤入れしてくださったので……さすがに、多分」

「多分はないでしょ係長、しっかりしてくださいよ」

原が田中の肩を叩（たた）き、別の書類を抱えて執務室を出て行った。田中がちらりと原の背中を見送ったのを視界に収めつつ彼に向かって手を伸ばす。

「見せてみろ」

係長になったばかりの田中は素質はあるものの書類仕事が苦手だ。警察は基本的に書類仕事が膨大なので——それこそ「交番のおまわりさん」から警察庁長官まで——慣れてもらわねばと刑事課長と話し合い思い切って抜擢はしたものの相変わらずだ。

つい小言が多くなってしまうのは、俺も歳を取ったということなのだろうか。と言っても、田中ともふたつ違いほどだし、原にもしょっちゅう小言を言われているのを見るに言いたくなってしまう本人の雰囲気（ふんいき）もあるのかもしれない。

「お前は絶対できるんだから気を抜かずにだな……ああ、そういえば。この間の中国（ちゅうごく）茶カフェは妻にとても好評だった。ありがとう」

「いえいえ、何よりです」

にかっ、と田中が笑う。生まれも育ちも神戸で、なおかつ結婚までは遊んでいた——という田中は何かと神戸の街に詳しい。

「よければプロポーズにぴったりなレストランなんかも教えてくれないか」

「ん？」

田中が眉を上げて首を傾げた。

「プロポーズ……はされているのでは？　もうご結婚されている以上」

「プロポーズか。かれこれ十回以上はしてるな。ほぼ無理やり結婚に持ち込んだ」

「え、そんなにしたんですか……」

ドン引きされているのを感じるが、俺は諦めずに田中に聞く。

「事情があって、もう一度したい」

もしかしたら好きになってくれているかもしれない、という手応えを感じている今——何しろ墓まで持って行けとまで言われている以上、全てを白状はできないかもしれないけれど、それでも好きだということ、離れたくないことは伝えるべきだという結論に至った。

ずるい男だよなとは思う。

彼女の感情がこちらに向き始めているという感触を得て初めて、気持ちが告げられるのだから。

それでもきちんとしたい。

誕生日を祝いつつ、気持ちを伝えたい。

「まあお好きになさってください。リストアップしておきますよ」

「ありがとう」

答えつつちらりと執務室のドアを見る。

「例の件は？」

「すみません手間取ってます。別ルートの方が確実かもしれないです」

そうか、と頷いた。

「田中で手間取るなら誰がやっても厳しいと思う」

「そう言っていただけて……あ」

目を丸くする田中に書類を突き返す。

「ここ、やり直し。これで送検してみろ、次席検事に俺が呼び出しだ」

言った瞬間にドアがノックされる。返事をすると原が入室してくる。

「課長いま外されてたんで机に置いてきました。あ、そういえば、これ」

つかつかとやって来た原が俺のデスクに何かを置く。

「――ピアス？」

「部長のお車の助手席に落ちていましたので」

「彩葉はこんなピアスなんか」

そこまで言いかけて思い切り鼻に皺を寄せてしまう。

「平山……」

原の横で田中が「うげえ」という顔をする。

「髪の毛も回収しておきましたので～。それはさすがにもう破棄しました。えんがちょ」

平山を車の助手席に乗せてはいない。しつこく言われ病院へ付き添うときだって、後部座席に原と並んで座っているはずだ。隙を見て投げるかなにかしたのだろう。彩葉に見つかればいいと思ってのことに違いはないだろうが。

「なんていうか、執念が怖くって。部長が奥様と別れさえすれば自分と結婚すると頑なに信じてらっしゃる」

「……本部長、早く異動してくれないだろうか……」

「もう十分筋は通されたと思いますよ」

慰めるように言われて、小さく頷いた。

そう、筋は通した。これ以上付き合う責務はないはずだ。

ピアスは原の方から返還するように手配をかけ、俺は大きくため息をついた。

「いやでもねえ、平山さん少し焦り出してますよ。眼中にもなかったわたしにさえ謎のマウンティング始めましたからね」

「マウンティング？」

田中が原に首を傾げてみせる。

「焦ってるんじゃないですかー？　最近はわたしだけですからね、彼女のところに馳せ参じるのは」

「そうなんや」

「ですです。部長はちょっとずつフェードアウト作戦でして。で、そのたびにこんな会話をしただのあんな会話をしただの、知ってるっつーの、一緒にいたんだから」

原のツッコミに田中から乾いた笑いが漏（も）れる。

「そういえば、部長は野球が好きなんだとかも言ってましたよ。部長って六大学野球出てたんですね。コーヒーをよく飲むとか、私服は案外カジュアルなんだとか」

軽く眉を上げて原を見る。原は意図を持ってそんな話をしていた。

……そんなプライベートなことを話したことはない。つまり、興信所の調査で抜かれたと示唆（しさ）したいのか。

なるほどな。

「そうだな。悠長なことは言えなくなってきた。平山の調査を始めてくれないか」

「お、動きますか」

眉を上げた田中と目が合った。ふっと息を小さく吐く。

「さすがに『怪我も完治した以上、職務の範囲とは思えません、お引き取り願います』でなんとかなるとは思えなくなってきた」

「まあ逆上するでしょう、ねえ」

原が困ったように頬を緩めて答える。

「とはいえプライドも高そうだからな、職場なんかに知れるとなると引くんじゃないか」

「そうですか？」

「実際のストーカー事件、このタイプは案外に多いぞ。基本的にストーキングするタイプの人間に共通しているのは被害者意識だ。自分が蔑(ないがし)ろにされた、とか、自分は恵まれていないのになんであいつは、とか。あくまで自分が被害者だと思っているから、強気に出るし行動する」

「ああ、ありますね……ていうか平山さんなんかもろそのタイプじゃないですか」

「それが『職場や家族に知られる』となると一転、周囲から加害者として認識される。プライドが高い犯人には、それが耐えられない。捻(ね)じ曲がった恋情よりも周囲からの自分の評価の方を優先する」

彩葉のところに突撃してきた元上司も似たようなものだった。ストーキングこそしていなかったが、職場に知られるのを恐れ、自ら志願して遠隔地に異動したそうだ。わざわざそう俺に連絡してきたのは、絶対に職場には言ってくれるなという意なのだろう。

「そこを突き抜けられると、事件として認知しなくてはいけないような事態になってくるのだけれど」

「平山さん、どうですかね～？」

「平山は確か、読者モデルだったか？　そんなこともしているアパレル店員だろう？　ストーキングしてるなんて知られたら仕事がなくなるだろ。それくらいは計算すると思うが」

「まあね、食い扶持(ぶち)なくなるわけですから」

原が肩をすくめる。

「まだ接近禁止だのどうこう言える状況でもないからな。できることから始めたいと思う。付き合わせて悪いが」

「いえいえ、部長も被害者ですからね……？」

平山は現在のところ、法を犯していない。あくまでこれは「警察車両と事故を起こした相手」に対して「俺と原が個人的に便宜を図っている」という体なのだ。実際はどうあれ、事件としての構成要件を満たしているとは言えない。

「いやでも、あの感じは内偵進めてていいと思います。いつ部長のご自宅周辺に行くか分からないですよ」

原の言葉に頷くと、田中が手を上げる。

「この件、部長が直接指示を？」

「そのつもりだ——というより、さすがに申し訳ないからな。ある程度は自分で」

「部長がご自身でですか！」

原が眉を上げる。

内偵、と簡単に言うけれど人ひとりを公権力が調べ尽くすのだ。まさか書類一枚で済むわけがない。許可するだけでも膨大な、机の上に山積みになるほどの量の書類が必要になる。

「そんなん、わたしに任せてください！」

「……そうか？　頼もうかな」

「もちろんです！」

原は頼もしい雰囲気で胸を叩き、準備のため執務室を出て行く。閉まる扉を見つめつつ、田中が呟いた。

「さて、鬼が出るか蛇が出るか……」

「なかなかに用意周到な女のようだからな」

俺はそう答え、スマホを取り出す。

そう、取りうる対策は全てとっておくべきだ。

嫌なことというのは重なるものだ。仕事終わり、県警を出て空を見上げた。街明かりでうっすらと白く濁りのある空には月が浮かんでいた。視線を戻すと「黒川さん」と聞き覚えのある声に話しかけられた。

この寒い中、植え込みのそばにひとり座っていた男が立ち上がり、こちらに向かって歩いてくる。

「……ああ、内田さん。どうしました？　落とし物なら最寄りの警察署にお願いできますか」

にっこりと笑って言うと、彩葉の（腹が立つが）元カレの内田は「いえ」と微笑んだ。

余裕のあるそぶりに心底腹が立つ。

「彩葉の店に顔を出した帰りで――あ、実家がこの辺で」

「そうですか。それで？」

実家がこのあたりだとか、そんなことはいいだろう。心底どうでもいい。というか他人の嫁を呼び捨てするな。

問題は、こいつが彩葉に会いに行ったということ。そうして、どうしてこんなところに座って俺を待っていたのか。

「喫茶店順調みたいっすね」

関西のイントネーションで言われ、「まあ」と頷く。

「伯母さんと――伯母さんで合ってるんですかね、あの変わった伯父さんの元奥さん。一緒に店やってるんすか、今」

「そうだな。それが君になんの関係が？」

「関係は――そうっすね、ないっすけど」

ぽりぽりと内田は頬をかいて、それから眉を下げた。

「けど、自分の力を試してみたいとかないんかなあ～、とか思ったり、思わなかったり」

息を詰める。

どういう意味だ？

「あのー、素人さんには分かりにくいかもなんすけど、彩葉は多分、もっとでかい世界に出ることができる人材なんすよ」

素人、と言われたことに反射的に眉をひそめつつ、内田のやけに整った顔面を睨め付ける。内田はふっと挑発的に笑った。

「あのー、あいつ、フランスに連れてってもいいですか？」

「は？」

愕然として内田を見つめる。理解が追いつかない。

連れて行く？　誰を？　彩葉を？

「あ、これよければ新商品」

さっき渡し忘れたので、と内田が俺に小さな紙袋を押し付けてくる。俺はほとんど反射的にそれを押し付け返した。

「結構」

「……残念」

余裕っぽく肩をすくめた内田に背を向け歩き出す。

彩葉。彩葉――まさか、着いていくだなんて言い出さないよな？

腹の奥で恋心が病のように暴れる。

焦（あせ）りが湧き出して、理性を侵食していくのが分かった。

感情が溢れ出しそうで怖い。

愛してると告げながら、ひどい抱き方をしてしまいそうで――傷つけてしまいそうで。

怖すぎて、わざと遠回りをして帰宅する。

【六章】

いつもより遅く帰宅した忠義さんは、初めて見るくらい無言で眉根を強く寄せていた。その顔のまま、玄関先で私を抱きしめて離さない。

「忠義さん？」

「……悪い。少し、疲れていて」

「お仕事ですか？」

曖昧に彼は頷く。

そうしてぐっと私の肩を軽く押してから離れて、廊下を静かに歩く。

相変わらず姿勢がすごくいいのに、どこか消沈しているように思えた。反射的にその広い背中に抱きついた。

「彩葉？」

「忠義さん、その……」

「どうした」

感情を抑えた声で彼は言って、でも振り向いてくれなかった。それが寂しくて、私を見てほしくて――

「私……忠義さんの赤ちゃん、欲しいです」

ようやく自覚できた感情をストレートに言葉にする。

ぱっと振り向いた忠義さんは、呆然と私を見ていた。私はハッとして眉を下げる。

「す、すみません。忠義さん疲れてるのに……空気読めてない……」

「いや、違う。違うんだ」

低く掠(かす)れた忠義さんの声に、胸がぎゅっと痛む。

もう手遅れだったのだろうか？

「あの、もうそんな気持ちなくなっちゃってましたか？　だとしたら、忘れて……」

「っ、違う！　だから、違うんだ。俺も欲しい」

忠義さんは珍しくものすごく慌てていた。

「嬉(うれ)しくて、どう反応すればいいか分からなくて……いいのか、本当に？」

私の腕に触れる彼の指先が震えていて、それを不思議に思いながらも頷く。

「あの、そんなに子供欲しかったんですか？　子供好きなの？」

彼は嬉しげに私を抱き上げ「君とのな」と頬擦(ほおず)りをしてくる。

「ん？」

「君との子供が欲しいんだ。絶対にかわいい」

忠義さんの鼓動が伝わってくる。

「つまり、どこにも行かないってことだよな？　君はここで、神戸で、ずっと子供を育てていく？」

その言葉におずおずと頷く。

「そのつもりです」

「ここで俺を待ってる？」

あまりにも真剣な瞳に頷いた。

忠義さんが嬉しげに目を細める。

「……別の地方に転勤になっても、必ず週に一度は帰ってくる。君のところに。育休だってもぎ取る。親父の二の舞は絶対にごめんだ」

私はつい笑ってしまう。

「そんなに子供好きだと思ってませんでした」

産むどころか、まだできてもないのにそんなに嬉しそうにするなんて。

忠義さんは目を細めて私を見つめている。

「君の気が変わらないうちにしようか」

やけに甘ったるい声で彼は言って、額を合わせてきた。

「っ、か、変わりません。変えませんから。今日はもう、寝ましょ？　夜遅いですよ」

明日も早いんでしょう？　と彼を見上げるも
「いやだ」

と子供のように言い放ち、忠義さんは私をベッドに寝かせてのしかかった。

「ヤる。今。逃げられてたまるか」

「そ、んな……ひゃっ」

忠義さんはあっという間に私のパジャマを脱がせて、膝立ちで私を見下ろしながらばちんと金属製の腕時計を外し、ジャケットとネクタイを床に投げ捨てた。ベストのボタンに指をかけたところで軽く眉を上げ、その指を私の太ももに這わせる。

「脱いでいる暇なんかないな」

「え、忠義さん……？」

私は混乱して余裕がない彼を見つめる。

この間、なぜか玄関で抱かれたときを除いて、彼はいつだって大人の余裕がある男の人だったから。

「忠義さん。今日が赤ちゃんできる日かどうかも分かりませんよ。焦らなくたって……」

「関係ない」

忠義さんは私の膝裏に手を差し入れて曲げさせ、膝頭にキスを落とす。それからすっと足の付け根に顔を埋めた。

「忠義さん……⁉」

「まだあまり濡れてないな。すぐに解すから」

濡れてないも何も、あまりに全てが性急すぎてまだ混乱していたのだ。けれど忠義さんに肉芽をちゅっと吸われると、それだけで思い切り反応してしまう。

「は、ぁ……んっ」

そのまま肉芽を甘く噛まれ、舌で舐られて——気がつけば、はしたなく腰を揺らしていた。

「あ、やだっ、んっ」

どっと汗が全身から噴き出る。舌先で皮を剥かれて少し強く吸われると、もう弱いところを知り尽くされてしまっている私は呆気なく達してしまう。

シーツを強く握りしめ、半分悲鳴のような声を上げてイっている私のナカに、彼の指がゆっくりと入ってきた。

「あ、ぁっ」

ぬちゅ、ぬちゅ、とヌルついた水音をまとわせて彼の指が動く。肉襞が蠢くそこに、やや性急に二本目が入ってくる。

いつもならばしつこいくらい焦らしてくるくせにあっという間に三本に増やされ、ナカでバラバラに動かされて、気持ちよくて足をばたつかせてしまう。

「彩葉」

たしなめる口調で言われて、「だって」と快楽に酔わされながら私は何回も繰り返す。

だって気持ちいい、だってこんなの死んじゃう。

それらはうまく言葉になってくれない。

彼は指を抜いて私を覗き込む。ぎらぎらした情欲が彼の瞳で滾っていた。

思わず「ほう」と息をついた私を見下ろしながら、濡れた指先をべろりと肉厚な舌で舐める様を

見せつけてくる。

「彩葉の味」

「……っ」

羞恥で頬を熱くする私を見て、忠義さんは嬉しげに頬を緩めた。

それからベルトを緩め、スラックスをくつろげると、硬く昂る屹立がまろびでる。膨らんだ先端からはとろりと露が溢れ、血管がはっきり見えるほど興奮しているのが分かる。

思わずコクリと唾を飲んだ。

ああ、これを、今から——直接感じるのだ。ぎゅっと子宮が疼いた。あさましい本能が孕みたがって熱を持つ。

「彩葉」

忠義さんの声が掠れている。彼は肉張った先端を私の入り口にそっと当てて、私の目を見つめる。

「いいんだな？」

こくん、と頷くと——忠義さんがもう一度私の名前を呼ぶ。

「彩葉。俺は汚い男なんだ」

ちゅく、と先端が入り口を擦る。ぬるぬると動くそれが気持ちよくて、でも挿れてほしくて私は微かに腰を動かす。

「き、たないって……？」

「なあ彩葉、もし……俺が最初から君に好きだって伝えてたら、君はどうしてた？　断っていたんじゃないか」

「え」

好き?

いまいち言葉の内容が理解しかねるうちに、ぐっと膨らんだ先端が埋まる。

「ぁ、あっ」

「好き――もう無理だ。隠せない、好きだ彩葉、愛してる」

驚愕に目を見開く私のナカ、いちばん奥まで彼の屹立が沈む。反射的に喘ぐ私の下腹部を優しく撫でて、忠義さんは続けた。

「はー……全部、入った」

熱い、と彼は言ってごく緩く、とてもゆっくりと腰を動かし始める。あまりにスローな動きで、硬さと熱と、彼の形がまざまざと肉襞に伝わる。

「あ、ぁ、あっ」

びくびくと腰を跳ねさせる私の膝裏を掴み、忠義さんはゆっくりと抽送を続けた。硬い熱がナカをズルズルと動くたびに肉襞をひっかき、甘い悦楽を生じさせる。

「すまない彩葉、最初から――好きだった。でも君の眼中に俺がいないのを分かっていたから、だから――」

ぐうっといきなり最奥を強く屹立で押し込まれる。同時に彼の手のひらがゆっくりと下腹部を、……子宮を押す。

「は、ぁ……っ」

目の前がチカチカした。頭の奥がどろりと溶けていきそうなほどの快楽に、肺から空気が全般出ていく。呼吸すら忘れて喘ぐ私の唇を、彼のものが塞ぐ。

それでようやく息の仕方を思い出した私を、強面を緩めた優しい表情で見下ろして、忠義さんは口を開いた。

「だから、君の伯父さんの話に乗った」

「まっ……、て、忠義さん、私、伝えたいこと、がっ」

好き？

好きでいてくれたの、私のことを。私のことなんか、を！

秘密ってこれのこと？

「嫌だ」

忠義さんは大きな手のひらで私の口を塞ぐ。

「もうだめだ。聞かない。なあ、俺の子供産んでくれるんだろう？」

あまりに必死な、掠れた声に目を見開く。

彼はこれでもかと眉根を寄せ、苦しそうに言った。

「すまない、彩葉。君、詐欺を疑ってたよな？　詐欺だった、最初から――君を手に入れるための」

忠義さんが下唇をグッと噛む。

「警察官のくせに、こんな下劣なことを――最低だろ？　俺は多分、君に出会っておかしくなってしまった。病気だ、こんなの」

そう言ってゆっくりと抽送を再開する。本当にゆっくり……膨らんだ先端でぬかるんだ粘膜をずりずりと擦りながら腰を引き、再びゆっくりと奥へと進める。

胎内を味わわれているような動きに、肉襞が吸い付き、蠢動した。くぐもった嬌声が彼の手のひら越しに漏れる。

「彩葉、君が愛おしくてたまらない」

胸が切なく痛む。

涙が勝手に湧いて零れ、忠義さんがハッとして手のひらを退ける。そうして本当に辛そうな顔をした。絶望に近い表情――腰の動きを止め、掠れた声で続ける。

「いろ、は――泣かないでくれ。彩葉。彩葉……」

私はしゃくり上げながら彼に手を伸ばす。首に腕を回すと、素直に身体を寄せてくれた。

「あなたが言っていた『秘密』って、これ、のこと……?」

そうだ、と彼は頷いた。

「約束を破ってすまない」

「約束……?」

「そのことで君に迷惑はかけないと約束した。煩わせないと。結局、我慢しきれなかった」

忠義さんは掠れた声で続ける。

「さっき、内田に会った。あいつは……君に未練があるんじゃないか」

私は目を瞬き、微かに首を傾げた。

晴一くんが私に未練なんかあるはずがないからだ。

「挑発された。君を連れて行くと——それだけで、もうダメだった。気が狂いそうになって、このザマだ」

「連れて行く、って」

「君といると、俺が俺じゃなくなる。彩葉。行かないでくれ」

希う声に、胸がいっぱいになる。

「ど、して……私なんかに、そんなに」

「君が君だから。他に理由なんかない」

そう言って彼は私の耳元で言う。

「愛してる——」

ぎゅうっと抱きしめられた。痛いほどに——彼の鼓動が伝わる。

そっと口を開いた。

自然に言葉が零れ出る。

「好き、です」

忠義さんの身体がびくっと揺れ、喉仏が動くのが分かった。

それからおそるおそる、私の顔を覗き込んできた。

「彩葉」

「好き、大好き。確かに、私――最初に告白されてたら、断ってたと思います。お客さんとしか思ってなかった。でも」

私は一生懸命に言葉を紡ぐ。

どうか伝わってほしい。

「たくさんプロポーズされて、大切にされて、一緒にいるうちに少しずつ好きになって」

じっと私を見つめる瞳が愛おしい。

「だから、……多少強引にでも、どんな形にしろ、奥さんにしてくれて嬉しいって、思ってます。好きになった方が負けって本当ですよね」

思わず眉を下げて笑う。

「私きっと、あなたに何をされても許せる」

「彩葉……っ」

忠義さんがぐっと私を抱きしめる。最奥が抉られ、私はびくっと身体を跳ねさせつつ、彼にされるがままにただ強く抱きしめられた。

かき抱かれて身体が軋む。それ以上に心臓がきゅっと切ない。

忠義さんが掠れた声で呟く。

「俺の方がずっと君に惚れてる……」

私の頭を抱えるように抱きしめる彼の広い背中をゆっくりと撫でる。

「夢みたいだ、こんな」

「本当ですよ」

彼の鼓動が伝わってくる。信じられないくらいに速かった。

「本当――大好き。好きじゃなかったら、あなたを殴って出ていってる。あんな嘘つかれて、結婚までされて」

「すまな、い」

忠義さんの声が震えていた。

「君を自分のそばに置くことで頭がいっぱいで――神戸を離れるなんて言うから、ゆっくりと距離を詰める間もなくて」

言い訳のように……いや実際、言い訳なんだろう。それでも真摯に彼は続ける。

「なんとかそばにいてほしくて、きっかけがほしくて、君が好きで仕方なくて」

震える声で。

私はそっと目を閉じ、彼に擦り寄った。

「……ごめんなさい、気がつかなかった。そんなに愛してくれていただなんて」

彼にそんなつもりがない、という先入観のせいだろうか。でも、里依紗たちは気がついていたのだから、頑なに彼を見ようとしなかった私のせいなのだろう。

傷つきたくなくて、向き合いたくなくて。

「君は何も悪くない……」

ぽた、と何か落ちてきて目を瞠る。

まつ毛が触れ合いそうなほどの距離に彼の整ったかんばせがあって、その瞳から涙がとめどなく溢れていた。

「悪い。安心、して」

「安心……?」

「好きだ、愛してる」

泣きながらそう言う彼に、つい笑ってしまう。なんて不器用な人なんだろう。

「私ね、てっきり忠義さんって器用な人だと思ってました。プロポーズも、デートも、セックスも、余裕があってスマートで」

「余裕なんかない」

「……みたい、ですね」

七歳も年上の男の人が、びっくりするくらい不器用に、幼い子供みたいに泣いていた。

急激に湧き上がる愛おしさに目を細める。自然に唇が重なって、気がつけば口内をぐちゃぐちゃにかき混ぜられていた。

「ふ、ぅ……っ」

「彩葉、彩葉」

忠義さんはキスの合間にただ私の名前を繰り返す。胎内に埋められていた屹立が、再び粘膜を擦り動き出す。肉襞が蕩け、彼に絡みついた。

「気持ちいい、な、彩葉」

忠義さんの声は、信じられないほどに甘い。それは鼓膜を柔らかく解かせて脳まで溶けてしまいそうなほどだった。

「ん……」

「出そう、彩葉。イっていいか？」

何度も頷くと、忠義さんの屹立がぐっ……とその質量を増した。動きが少しずつ激しくなる。私から溢れた温い水で、ぐちゅぐちゅとお互いの下生えが濡れて音を立てる。

「……っ」

忠義さんが低く息を漏らす。ナカで屹立から欲が吐き出されるのが分かった。直接注がれるそれが、やけに愛おしい。

ふーっ、と荒く息を吐いた彼は出し終わったのに出て行こうとしない。硬さを失ったそれがまだ身体の中にある。

「離れたくない」

そう言って忠義さんが私の首筋にごく柔く噛み付く。口内で肌を舐め上げられ、鼻にかかった甘い声を漏らした。忠義さんはキスを繰り返す——額に、頬に、唇に。

そう言われて、ようやく分かった。彼がよく言う「離れたくない」の意味。

それはいつか離れることを示唆していたんじゃなくて、ただそのままの意味だったのだ。思わず泣き笑いしてしまう。

「私も離れたくない」

やがてナカにあった彼のが、熱と質量を取り戻していく。

「ん……」

「彩葉、少し力を抜いて」

言われるがままになんとか力を抜いた私のナカを彼のものが動く。数度の抽送で再び完全に昂ったそれが、ぐいっと最奥を突き上げる。

「あ……っ！」

「彩葉、イってないよな。ごめんな、気持ちよすぎて」

忠義さんは私の身体を抱え込むように、まるで押しつぶすようにして律動を再開する。ズルズルと彼の熱がナカを動いていくのが粘膜に直接伝わる。

私から蕩け出したものだけじゃなく、彼が吐き出した欲がぬるつきを増加させ、彼が動くたびに信じられない快楽を連れてくる。

「あ、だめ、イ……っ」

ばたつかせようとした足を抑えられ、ゴツゴツと奥を抉られる。全身が痺れるほどの絶頂に頭をくらくらさせ、必死で彼に「止まって」と伝える。

「イって、る……っ、も、お願っ、死んじゃ、う……っ」

肉襞が痙攣し、肉厚な粘膜は強く収縮を繰り返す。奥がぴくぴく震えている。

「っ、たくさん、たくさんイってくれ彩葉。俺から離れられなくなってくれ」

忠義さんが身体を起こし、繋がったまま私を横向きにし、左足を肩にかける。反射的に「はあっ」

と大きく息を吐いた。

「だ、め……っ、深く、て……っ」

仰け反るようにしてイく私の最奥を、それでも彼は抉るのをやめない。

「彩葉、彩葉……っ」

ぬちゅぬちゅと粘膜が直接擦れ合う音がする。硬い質量が圧迫感を増していく。零れ落ちた液体が太ももを濡らす。

「愛してる」

彼の声に目の前が真っ白になる。ぎゅうっと肉襞が彼を強く締め付けた。スパークした頭の中で線香花火が散るような感覚がしたのを最後に、ふっと意識が暗転していく——


「彩葉」

ゆっくりと目を覚ますと、私は忠義さんの腕の中にいた。大きな手のひらが頭の後ろを優しく撫でてくれている。

いつの間にか身体は清められ、パジャマも着せられていた。忠義さんも部屋着のスウェットに着替えている。

「ん……」

「まだ眠いか？」

ちゅっと眉間に落ちてくるキスに、あたりを目で見回す。まだ夜中のようで、カーテンの向こうろう。心臓が甘く切なくときめいて、思わず抱きつく。

強面を緩めて笑う彼は、今までにないほど幼く見えた。けれどきっと、こっちが彼の素顔なんだ
「好きだ。かわいい……悪かった、かわいすぎてつい」

名前を呼ぶ私に目を細めて、彼は再びキスを繰り返す。

「忠義さん」

に朝日の気配はない。


「彩葉？」

戸惑う彼の声が弾んでいる。

ああなんで気がつかなかったの、こんなに愛されているのに。

……いるのに？

「じゃあなんであの人といたの」

「あの人？」

不思議そうな彼をじとりと睨む。

「浮気者」

「……⁉」

忠義さんが目を見開く。

「何か知らないが、誤解だ！」

「嘘！　嘘嘘」

私は忠義さんの高い鼻を摘んだ。

「両思いになったと思ったら浮気されてるっ」

「し、してない」

おろおろと忠義さんが言う。

「本当だ、信じてくれ。どうした、何があった」

「ポーアイの病院のとこ、女の人といた。平山有希乃(ひらやまゆきの)さん、知ってるでしょう？　モデルだかなんだかの！　買い物デートでもしてた？　平日にっ。仕事って言ってたのに！」

「ポーアイ？　ポートアイランドか？」

神戸港(こうべこう)のショッピング施設なんかもある埋め立て地の名前を繰り返したあと、忠義さんがハッと眉を上げた。

「違う、彼女はなんというか、事件の関係者だ。事情があって病院へ俺が送ることに——その、近くにもうひとり部下もいたはずだ！」

あまりに必死に言う彼に目を丸くする。そんな彼はやっぱり初めてでびっくりしているうちに、私を強く抱きしめて彼は言う。

「本当だ。嘘じゃない……！」

私は彼の鼓動を聴きつつ、どうやら本当らしいぞと首を傾げた。

関係者……『責任を取ってくれる』ってあれ、もしかして被害者とか、そういうので……警察として責任を取るとか、そういう話を彼女が……要は。

「誤解していただけ？」

そっと呟いたその言葉に、私が誤解していたのだという意味だと取ったらしい忠義さんが「そうだ誤解だ」と繰り返す。

「春先には全部解決する。すまない、心配をかけた」

「あ、いえ……」

「ただ、もし」

忠義さんが低く言う。

「もしも――平山が君に接触するようなことがあれば、すぐにでも知らせてほしい」

「え？」

「それなりの対応に出るから」

すっと彼の声の温度が下がる。私は目を瞬いた――もしもう会ったことがある、なんて知られたら、どうするんだろう？

甲本次長のことを思い出す。裁判がどうの、なんて話してた。

(平山さんは、表に出るお仕事の人なのに……)

ぎゅうぎゅうと抱きしめられながらそんなふうに考える。

警察沙汰なんてことになれば、彼女のお仕事はなくなってしまうのではないだろうか？　ただでさえコンプライアンスなんかに厳しくなっている世の中なのだ。

結婚式の日の平山さんを思い出す。

足かどこかを怪我していたのに、それでも笑顔でヒールを履いてドレスをまとっていた。

私は彼女のことをとてもかっこいいと、そう思ったのだ。

（……わざわざ平山さんが来たことは言わなくていい、かな？）

私はそう結論づけて小さく頷く。

あれ以来接触はないのだし、心配をかける必要もないだろうと胸に納めることにした。もうすぐ解決してしまうのなら、何も大げさにしてしまうことはない。

「分かりました」

「本当に？」

不安そうに彼が私を覗き込んでくる。

私はつい、くすくすと笑った。

「はい。大丈夫」

「よかった」

忠義さんが心底安心した声で言う。

私はふと、あのときついた嘘を思い出して、申し訳ない気分になる。自分だって嘘をついていたくせに、人のことは責めるのだから……

「……あの、忠義さんのこと嘘つきとか言ってごめんなさい。私の方こそ嘘ついていたっていうか、ほんと今さらなことあるんですけど」

「どうしようか。聞かない方が俺、幸せでいられるなら聞きたくない」

すっぱりと忠義さんは言う。

「君が嘘をついたかどうかは、正直どうでもいい。俺のものでいてさえくれれば」

やけに真剣な彼にギョッとする。

「え、いえそんな大げさなものじゃないんです。単なる私の見栄っていうか、なんていうか」

不思議そうな彼に、恥ずかしくて小さな声になりつつ正直に告白した。

「私、初めてでした」

「……？　どれが？」

「その、ええっと、……エッチするの？　忠義さんが、初めて、でした。ていうかキスも」

ばっと忠義さんが身体を起こす。整った強面のかんばせの目が丸くなっていて、私はそっと肩を落とす。

「うー、すみません、なんかしょうもないことを。彼氏いたのは本当なんですけど」

忠義さんがもごもごと言い訳をする私の頬を包む。

「彩葉……本当に？　俺が初めて？　俺だけ？」

「えっ……と、そう、です」

瞬きながら答えると、忠義さんは歌い出しそうな顔をして私を抱きしめる。

「しょうもなくなんかない！」

「……それって、そんなに嬉しいことです？」

「嬉しいに決まってる。他の男が君に触れたことがあると思うだけで、嫉妬で理性が捻じ切れそうだった」

忠義さんが私の頭に頬擦りしている。

「かわいい、愛してる、彩葉。俺だけの彩葉」

私には忠義さんの喜びが、いまいちよく分からない。

私なんかが彼のもので、それでどうしてそんなに喜べるのだろう?

けれど忠義さんが幸せで嬉しいなら、それでいいかと思う。

「えへへ」

「彩葉、大好きだ」

「私も好きです」

答えながら小さくあくびをすると、幸せそうに彼は私の目元を擦った。目を閉じる。

なんだか久しぶりに、ぐっすりと眠った気がした。

神戸の桜が散り始めたのは、四月の半ばのことだった。

「花見に行かないか」

「今からですか?　夜桜?」

日曜日の夕方に、ソナタへやってきた忠義さんにそう誘われる。

「あらいいじゃない。行ってらっしゃいよ、彩葉ちゃん。もうお客さんも来ないでしょうし」

濃厚固めレトロプリンの仕込みをしていた久美子さんにそう言われ、忠義さんを見上げる。忠義さんが嬉しそうに強面を緩めている――大きなわんこみたいだった。

私は眉を下げて笑ってしまう。この人、どうしてこんなに私のこと好きなんだろ。幸せで感情がふわふわしてしまう。

私も彼が好き。

だからこそ、怖い。

自分がお母さんみたいになってしまうのが、とても恐ろしくて仕方ない。

私はそっとお腹を撫でる。

彼にも片付けを手伝ってもらって早めにお店を出て、一度マンションへ向かう。

「……こんな真冬みたいな格好しなくたって」

「いや、きっと寒い。風邪をひいたらどうするんだ」

ムッとした顔で言われて、仕方なく言われるがままにマフラーを巻いた。

忠義さんの車で、神戸の西の方、海の近くの公園へ向かう。源平(げんぺい)合戦、一ノ谷(いちのたに)の戦いの古戦場跡だというその公園には神戸最多の三千本以上の桜が咲き誇(ほこ)っていた。

ライトアップされ、ぼんやり浮かび上がるような桜の花の下をそぞろ歩きながら、忠義さんが握った私の手に力を入れたり抜いたりしているのを感じていた。

「……忠義さん、もしかして何か言いたいことあります?」

ぴくっと彼の肩が揺れる。

それから私の手を引いて、空いていたベンチに腰掛けた。真上には、今にも落ちてこんばかりに咲き誇る満開の桜。

「何度も約束を破ってすまない」

「え？」

「君が――あの店を、ソナタを愛してるのは知ってる。だからこそ君は俺と結婚してくれたのだし」

時折、春のまだ冷たい風が吹いて桜を散らす。ゆっくりと落ちてくるそれが、ライトに照らされ白く光る。

「それは俺も分かってる。けれど、――着いてきてくれないか」

目を丸くする私の手を、忠義さんが強く握る。

「転勤になるんですか？」

「すぐにじゃない。ただ、秋には東京に戻ることになりそうだ」

「分かりました」

私は彼の手を握り返す。

「東京で暮らすのは、久しぶりです」

ざあっと強い風が吹いて、桜が落ちてくるみたいに舞い散る。忠義さんの髪にたくさん花びらがついていたから、取ってあげようと手を伸ばすと、その手をぱっと掴まれた。

両手を握られて首を傾げて彼を見ると――忠義さんはぼたぼたと涙をこぼしていた。

「たっ忠義さん!?」

「すまない……！　違うんだ、まさか、本当に着いてきてくれるだなんて」

涙を拭ってあげたいのに、忠義さんは手をぎゅうぎゅう握りしめて離してくれない。だから私は綺麗な彼の涙をただ見つめるしかできない。小さく笑って口を開く。

「私があの店を守りたかったのは、私にとって大切な場所だったからです。たったひとつの、居場所だったから」

でも、と忠義さんを見つめる。

「でも今は——あなたの横が、私の居場所だから」

「彩葉」

「お店は久美子さんに任せたら大丈夫だと思います。実は伯父さんたち、再婚することになって——もうさすがに埋蔵金を掘るためにお店畳むなんて言わないと思うので」

そうか、と忠義さんが頷く。私は思い切り笑ってしまう。

「ねえ、手を離して。涙拭いてあげるから」

「離したら、君がどこかに行きそうで——夢じゃないよな？」

「夢じゃないですって。ていうか、プロポーズだってあんなに淡々としてたのに」

「ひとりになってから散々泣いたに決まってるだろ……」

忠義さんが子供みたいな顔をするから、つい吹き出した。

「なんでですかね。前の余裕のある大人ぶってる忠義さんより、今の少し甘えん坊な忠義さんの方が好きです」

「……そうか？」

ちょっと嬉しそうな顔をするから、それがやけに愛おしい。

「ふふ、恋愛マジックかもしれません」

「マジックは困る……」

忠義さんは泣いてるくせに妙にキリッとした顔をして私を見つめる。

「醒めないように、惚れ続けさせる」

「どうやって？」

「死に物狂いで頑張る」

キリッとした顔で、そんな不器用な回答をもらって——私は彼が大好きっていうのが隠せなくなって手を繋いだまま、彼の胸の中に飛び込む。

「頑張ってくださいね」

「……ん」

頭の上で忠義さんが頷いた。ようやく離された彼の大きな手が、私の背中を包み込む。

「大好きだ、彩葉。死ぬまで大切にするから」

唇が重なる。

涙の味がして、私はなんだか泣きそうになる。

「誕生日、おめでとう。彩葉」

そう言われてようやく、今日が誕生日だと思い出した。

目を瞬いている私に、もう一度キスが落ちてくる。視界の隅が桜色に蕩けて——

「ね、忠義さん。お知らせがあります」

彼ならきっと、大丈夫。

お腹に触れて、耳元で囁いた。

途端に強く抱きしめられて、頭にキスが何度も落ちてくる。

ただ、幸せな未来だけが、あると思った。


そう、思っていたのに。

季節が真夏になった頃、妊娠二十週に入った私のお腹は少しずつ目立ち始めていた。

「彩葉ちゃん、無理してない？」

「大丈夫ですよ」

私は伯父さんのためにアイスコーヒーを作りながら苦笑する。

なんやかんや、妊娠が発覚してからは『重いものは持たせられないよ』と、買い出しなんかはしてくれるようになった伯父さんが、買い出しからもうすぐ帰ってくるはずなのだ。

連日の猛暑、相当喉が渇いているだろう。

「でもこのアイスコーヒーは飲みたいですね……絶対美味しい」

「カフェイン、我慢だもんね」

「少しくらいならいいらしいですけどね」

答えつつ肩をすくめた。このところはすっかりデカフェのコーヒーにお世話になっている。

と、かろんと鳴るドアベルに、伯父さんかと目を向ける。

「いらっしゃいませ」

久美子さんが明るく告げて、私はちょっと立ちすくんでしまった。

「めっちゃいい匂い、する」

そう言ってお店を見回したのは平山有希乃さんだった。ワンテンポ遅れて「いらっしゃいませ」と軽く頭を下げた。

「アイスコーヒーお願い」

平山さんはテーブル席に座り、私に向かって優雅に首を傾げた。冷凍庫の氷をグラスに入れつつ、内心で冷や汗をたらたらと流した。

一体どうして、何をしに来たのだろう？　あの冬の日以来、音沙汰(おとさた)ひとつなかったのに。

忠義さんはあれ以来、平山さんのことを口にしなくなった。ということは、てっきり解決したのだと思っていたのだけれど……。

私はカウンターを出てテーブルへ向かう。アイスコーヒーをテーブルに置き、背中を向けようとした私に平山さんが口を開く。

「……あんたやんな？　電話やら写真の拡散やらしたの」

「え？」

なんのことか分からず、足を止めて平山さんを見やる。彼女は私の手首を掴んだ。

「っ、何、離してくださ……！」

「なんであんなひどいことできんの？　ちゃんとあんたの旦那から手ぇ引いたやん！　なのに！」

「だ、だからなんの話……っ」

「そもそもやで？　あたしと忠義さんが先に出会ってたら、絶対にあたしたち結ばれてたのに。あんたが選ばれたのは、彼の責任感のせいだけやで？　忠義さんがかわいそうとは思わへんの？」

私たちの異変に気がついた久美子さんが「彩葉ちゃん？」とカウンターから声をかけてくれる。

「忠義さんだって、あたしに惹かれてるって言ってた！」

「う、嘘」

私は唇を噛んで彼女を見つめる。

「忠義さんがそんなこと言うはずがないもの！」

「言ったって、そう言ってたって聞いたの！　あの人から！」

私は目を瞬く。

あの人から『そう言っていた』って、聞いた……？

「どう、いう……」

「ああ、もう、そんなんはどうでもいいの！　ねえなんであんなことしたの！」

「だから、平山さん、私なんのことだか……っ！」

狼狽する私を睨みつけ、平山さんはガタン！　と立ち上がり、鞄から何かを取り出した。

私は小さく悲鳴を漏らす。本当は叫びたいのに、気管が萎んでしまったかのように声が出ない。

目の前で包丁の鈍い銀色が揺れている。

それはソナタのステンドグラスのカラフルで暖かい光すら冷たく反射させてしまっていて――

平山さんは私を見下ろして包丁を振りかざしていた。綺麗な、魅惑的な笑みを浮かべて。

「彩葉ちゃん……！」

カウンターから、久美子さんが悲鳴を上げた。

振り向きもせず、平山さんは美しい唇を吊り上げる。

「ほんっ……ま、あんた、邪魔やねんけど」

銀色が近づく。

「好きな人も仕事も全部なくなった！　あんたのせいで！」

平山さんの声が裏返る。ガラス面を爪でひっかくかのような声質に、知らず背中が粟立つ。

震える唇が、勝手に言葉を紡いだ。

「や、だ。助けて忠義さん」

好きな人の名前を呟き、反射的にお腹を庇って手を当てる。その動きは、かえって平山さんを刺激したようだった。

「ねえ、ねえ、なんでお腹庇っとるん」

「――……！」

しまった、と血の気が引いたときには遅かった。

「ああなるほど」

平山さんがすっと目を細めた。

私はカタカタと震え、全身からどっと汗が湧き出たのを意識した。

「妊娠しとんの？」

平山さんが歪（いびつ）に笑い、ゆっくりと包丁を揺らす。

「おめでとう。……それとも、さようならの方がええんかな？」

私は必死で背を向ける。

お腹を庇って、彼女から距離を取ろうと——

【七章】　忠義視点

「原。結局君は何がしたかったんだ」

いつもの執務室。書類を届けに来た原に、そう聞くと原はキョトンと目を丸くした。

「何が……ってどういう」

その声に動揺は見えない。腐っても刑事か。

「わたし、何かミスしましたでしょうか……？」

「プライベートで平山と会っているよな？　……自宅の場所を教えたのも君か」

原が首を傾げた。なるほどしらばっくれる気らしい。

「自宅の場所……って。内偵していた斎藤班からそんな報告は上がってきていませんでしたよ？

それに平山の件は解決したのでは」

あくまでとぼける声色に軽く眉を上げ、無言でデスクに書類の束を投げるように置く。写真が数枚散らばった。

「報告が上がってない？　解決した？　そうだな、表面上は」

「……」

原が無言で写真を摘む。原と平山が三宮のカフェで食事をしている写真だった。

「違いますよ？　これだって平山さんに呼び出されて――」

「休日に、俺の許可もなしに？　『解決済み』の件のはずなのに？」

原が微かに笑う。

「そうです。申し訳ありませんでした。ただ、部長のお休みを邪魔しては、と……平山さんから謝罪をしたいと申し入れがあったんです。その相談で」

「……往生際の悪いことはしないでくれ。会話の録音データもある。俺が平山に惹かれていると寝ぼけたことを言っているな」

腐っても刑事、なかなか隙がなく録音できたのはつい最近らしいが。

さすがに原が目を丸くした。

「それに、平山の仕事先関係各所に平山のストーキングの証拠を送りつけたのも君だ」

捜査情報の漏洩に当たる。口頭注意などでは当然済まされない。

「なぜそんなことを」

「してませんよ。どうしちゃったんですか、部長？」

「君の電話番号の、通話記録を開示させた」

俺は彼女にさらに書類を追加して見せる。それを手に取り、原は無言で俺を見ている。

「君が掌握しているはずの平山の内偵でこんな証拠があるのが不思議か？　通話記録は東京の同期に頼んだ分だ」

それから、と写真を見て続ける。

「こっちは俺が個人的に依頼した興信所の探偵が撮った写真だ。音声データもな」

原が目を丸くする。

「え、民間に依頼されたのですか？」

「自宅が割れているのが不可解すぎた。平山が俺につけていた興信所の尾行は、確実に撒いたんだから――なのに平山は俺の自宅を知っていた」

俺は追加で一枚の葉書を書類の上にひらりと落とす。

「数日前に届いた。暑中見舞い、だそうだ。どうして住所が割れた？　結論はただひとつ、何者かが――平山と繋がりのある何者かが、俺の住所を彼女にバラした」

原は無言で俺を見ている。

「なあ原、平山をけしかけて、何がしたかったんだ？　何が目的だ。俺や平山になんの恨みがある？」

「恨み、ですかあ」

原が薄く笑う。

春に通告した際、平山は予想どおり、一度は俺への感情より仕事やキャリアを選んだ。無論、かなり手間取りはしたが――なのにすぐに俺へのつきまといが復活した。原があることないこと彼女に吹き込み、さらに平山の仕事を邪魔した。

イメージ重視の職業だ、当然多くのスポンサーが手を引いた。これを恐れて平山は当初、俺を諦めたはずなのに――

ばん、と執務室の扉が開く。事前の打ち合わせのとおり、田中(たなか)警部補を先頭に数人の刑事が足を踏み入れた。田中には信頼できるはずの同僚を捜査するという役目を背負ってもらっていたのだった。申し訳なく思う。

原は彼らを見やり、諦めたようにため息をついて笑う。そうして俺に向かって口を開いた。

「好きだからですよ」

「……何？」

「好きだからです。あたし、部長のことが」

俺は眉を上げる。

「君、恋人がいるだろう」

「えーあんなんカモフラですよ、カモフラ。秘書になってすぐ、部長が女性に対して警戒心あるのは分かりましたから。彼氏でもいたら警戒緩むかなあって。でも部長、距離詰められないし、なんかさっさと結婚決めちゃうし……」

原は淡々と言う。

「えー、いつからわたしが怪しいって思ってたんですか？」

「二月頃」

「ふふ、泳がされちゃってました？」

「なかなか証拠が掴(つか)めなかった」

そですかー、と原が苦笑した。

「あたし、ダサいですねー？」

「平山が捜査車両に突っ込んできたのはたまたまなのか？　それも君の仕込み？」

「あは、まっさか！　そこまでは偶然で……謝罪に同行したとき、平山さんが部長に恋したのすぐに分かりました。それであたし、平山さん利用しようって決めたんです」

「利用？」

「部長の奥さん殺すのに」

目を見開く。同時に机の上のスマホが着信を伝えて揺れる。ディスプレーに浮かぶ番号は、俺が個人的に彩葉につけていた興信所の見守りスタッフのもの。

原が笑う。

「奥さん、妊娠なんかしちゃってるし、もー、ムカついたから計画前倒し」

スマホをタップする指先が、震えている気がした。原は喋(しゃべ)り続ける。

「多分今頃、平山は奥さん殺してますよ」

休憩に入ろうとしていた交通機動隊を捕まえパトカーを緊急走行させる。

興信所の見守りスタッフは二名。一名はソナタの店内で包丁を振り回す平山に手を出しあぐね、もうひとりは店内から俺に連絡をとっていた。

山手通りにある警察本部から北野(きたの)のソナタまではほんの数分。その数分がひどく長く感じる――

彩葉(いろは)、と何度も名前を呼ぶ。彩葉。

所轄からも出たパトカーと合流し赤色灯を鳴らして住宅街に進入する。転がるようにパトカーを飛び降り、ソナタのステンドグラスの扉を蹴り開けた。

からんからんからん、とドアベルが激しく鳴りつける。ステンドグラスのカラフルな光が乱反射して店内を彩る——その光が、歪に銀色に反射する。

「彩葉……っ」

彩葉が床に座り込み、今にも平山に切り付けられんとしていた。蒼白なかんばせにステンドグラスの影が落ちている。わななく唇に、ぷつんと頭の中で何かが切れた。

「平山ァッ！」

俺は怒鳴り平山の腕を掴む。振り向きざま、瞳に俺を映した平山が浮かべたのは歓喜だった。俺に会えたことに対する、純粋な喜び。

「ふざけるな！」

激情に流されるまま、平山を腕を捻り上げて床に押さえつけた。包丁が音を立てて床に落ちる。

「……彩葉に手を出したな」

低い、初めて出す類の声が喉奥から漏れた。地を這うような声とはこのことなのだろう。憤怒で腸が煮え繰り返る。

「っ、痛い、忠義さん、なんで」

平山が甲高い声で俺を呼び、何度も瞬きをする。そのたびに彼女の眦から涙が零れ落ちていく。

透明な涙が余計に苛立ちを誘う。

殺してやりたいほど腹が立つ。しかし同時に、憐憫の感情がわずかに滲んだ。涙のせいなどではなく、哀れすぎて。

――なんて可哀想な女なんだろう。

「……君は原に騙されていたんだ。君の仕事を邪魔したのも彼女だ」

「え」

平山が目を丸くする。動揺で虹彩が揺れた。

「騙されて……？」

平山の肩が激しく上下する。過呼吸でも起こしかけているのかと警戒しつつ拘束をわずかに緩める。平山はブツブツと言葉を紡ぐ。

「嘘、嘘だ。原さんはあたしのこと親身になって応援してくれて、忠義さんのことも尊敬してるから、あんな奥さんとは別れさせたいって、だから、あたし、なのに」

「黒川警視正！」

なだれ込んできた警察官に平山を渡し、久美子さんに肩を抱かれた彩葉に駆け寄る。

「彩葉、彩葉……っ。大丈夫か？　怪我は」

「た、忠義さん」

彩葉が俺にしがみついてくる。温かな体温に死ぬほど安堵して、涙腺が緩んだ。ぎゅっと抱きしめて、頭に頬を寄せる。

「よかった……っ」

歯を食いしばる。何より大切なものを失わずに済んだ。後頭部に手を回し、自分の肩口に押し付けた。

「彩葉、すまない。俺の不手際だ」

「一体、何が……」

声が震えている彩葉を抱き上げ、店の椅子に座らせる。

「俺と部下のトラブルに平山が巻き込まれて——というよりは、部下に利用されて君を恨むよう仕向けられたんだ」

「え？」

ざっと説明したものの、納得がいかないのかまだ頭が働かないのか、彩葉は眉を寄せる。そのまま軽く首を傾げたあと、俺の手を握った。彩葉の手が震えている。

「よく、分からないんですが……ごめんなさい、もう少し、抱きしめていて……」

俺はハッとして彼女を抱きしめ直し、ゆっくりと背中を撫でた。

「お腹はどうだ？　張ってないか」

「少し」

「！　病院へ行こう」

「ん、でも胎動あるし、大丈夫かなって」

「ダメだ」

はっきりと言うと、彩葉がほんの少し肩から力を抜くのが分かった。

「……はい」

「救急車、手配してあります！」

背後からの田中の言葉に微かに振り向いて頷く。

慌てて何か言おうとする彩葉の唇を撫でた。

「被害者が君じゃなくとも、この場合誰だって救急車を手配すると思う」

彩葉がおずおずと頷いた。

到着までの間、たくさんの警察官でざわつく店内でぽつりぽつりと言葉を交わす。原が俺に抱いていた感情のこと、平山が吹き込まれた嘘、実は春頃から興信所の「見守りサービス」に加入していたこと。

「え、ずっと私、見張られてたってことですか？」

「すまない、警官の警護をつけるには事件の構成要件が足りなくて」

「いやそこじゃないです」

彩葉が突っ込んできたということは、少しショック状態が解けてきているのだろう。胸を撫で下ろしつつ頷いた。

「心配になって――それに、すまない。平山に住所がバレてしまっていたんだ」

「あ、そういえばマンションに来たことが」

俺は目をこれでもかと大きく見開く。

「彩葉」

「はい」

「なんで言わなかった……⁉」

「だ、だってずいぶん前のことで。大したこともされてないし、あんなお仕事されてるし、大げさにしすぎるのもよくないって」

「それでもひとこと、言ってくれ……！　心臓が止まりかけたぞ、いま」

ごめんなさい、と彩葉が眉を下げた。俺は彼女を抱きしめ直す。

どうしてこう、この人は自分より他人を優先するんだ……⁉

「実は、結婚式の日にも会ってて」

今度こそ心臓が止まると思った。結婚式……結婚式⁉

「言ってくれ、本当に、なんでも……」

うろたえた声を出してしまう。

ごめんなさいと呟き、シュンとした彩葉がぽつりと口を開く。

「……もうこんなことない、とは思うんですけど」

ハッとして顔を上げる。

「当たり前だ。起こさせてたまるか」

「でもね……もし、起きて、ううん、そうじゃなくても」

彩葉が目を伏せ、そっと身体を離す。優しい華奢な手がお腹を撫でる。

「私かこの子か、ってなったらこの子を選んでくれませんか」

「――彩葉」

思わず彼女の手を握りしめる俺に、彩葉は笑いかける。

「私がこう言えるのは、あなたにいちばん愛されてるって痛いくらい伝わってきてるから」

訥々と、考え考え話すように彼女は続ける。

「ずっと愛されたかったの。誰かのいちばんになってみたかった」

「いちばんんだ。君が俺の最愛なんだ」

俺の声が震える。彩葉の指が俺の手を撫でた。

「でもね、忠義さん。私はそれ以上に、この子をあなたに愛してほしいって気持ちが大きいんです」

「……愛するに決まってるだろ」

「私より愛してくれる？」

まっすぐな瞳を見返した。

彩葉が安心したように微笑む。

「そういう君だからこそ、惹かれたんだろうな」

呟いて抱きしめ直しながらそっと頭を撫でた。

「でもな、多分、彩葉は間違ってる」

「……なんで？」

「君、俺がひとりしか愛せないと思ってないか？」

彩葉が不思議そうに首を傾げる。

「俺は君も子供も同じくらい愛してる」

「……？」

「最愛がふたつになるだけだ」

彩葉が目を瞠る。

仕方ない、とも思う。彩葉の両親はお互いを愛しすぎていて、彩葉はそれを見て育ったのだから。

ひとりにつき愛はひとつだと。

だから、愛されなくても仕方なかったのだと――

そう思わなくてはならなかった幼い彩葉が、やるせなくて愛おしい。その分愛したいと思う。

「彩葉も、これから生まれてくる君と俺の子供も、俺にとって最愛だ。それじゃだめか」

彩葉が呆然として首を振る。ぽろりと涙が零れ落ちていく。

「十人でも二十人でも安心して産んでくれ。全員、もれなく、好きだ。その自信がある」

「そんなに産めません……」

困ったように笑う彩葉の背中をそっと撫でた。

「大丈夫だ、彩葉。君が思うより、俺はずっと心が広いんだ」

「……前は狭いって言ってましたけどね。結婚する前」

「初めて君を抱いたとき？」

ベッドで他の男の――内田の話をされて、ついムッとしてしまったときのことだ。こっちは緊張で指先まで震えていたというのに！

遠くから救急車のサイレンが聞こえてくる。彩葉が恥ずかしげな顔で「そう」と頷いた。

「あのときです。案外狭いらしい、って」

俺は大きく笑う。

「じゃあ言い換えよう。心は狭いかもしれないが、度量はでかい」

ええ、嘘だ、なんて俺を見上げる彩葉のお腹に手を当てる。

「あ、動いた」

「本当に？」

「まだ外からは分からないかもですね」

穏やかな声に安心を深め、ゆっくりとお腹を撫でる。彩葉もそっと手を重ねてきた。

元気に生まれてこい。

君の母親は、とても素敵なひとだから。

俺も必ず君を愛するから——安心して、産まれておいで。

返事をするように、ぽこりと命がお腹を蹴ってくる。

「あ、蹴った」

彩葉が小さく笑い、俺は目を丸くする。

「本当にいるんだなあ」

「いますよ」

くすくすと彩葉が笑う。

またぽこりと蹴られて、俺はそっと頬を緩めた。
この小さな振動がとても愛おしいと、ただそんなふうに思う。

エピローグ

元気な泣き声がする。

風呂上がりの俺は、タオルで髪を拭きながらそっとリビングのドアを押した。

「お腹空いたの、ごめんねー」

ソファに座った彩葉が生後五ヶ月になったばかりの娘、彩綾に授乳を始めるところだった。

邪魔してはいけない、とこっそりと見たつもりだったのにばっちりと目が合って少し気まずい。

けれど彩葉は特に気にする様子もなく俺に向けて柔らかな視線を向けた。

「あ、お風呂どうでしたー？　菖蒲湯」

「爽やかだった。ありがとう」

ゴールデンウィークも終盤の五月五日。昨年秋の異動で警察庁に戻って半年以上が経過していた。

異動を打診された時点で育休の申請をしたところ、意外とすんなりと承認された。

どうやら俺に平山の事故の件の収拾を命じた以前の兵庫県警本部長である上司が責任を感じていたらしく、手を回してくれていたようだ。

『僕のせいで申し訳なかったね。あの時点で厳しい対応をとっていれば、奥さんを危険に晒すこともなかったのに』

おかげで里帰り（……と言っても彩葉の両親は東京在住だけれど）しなかった彩葉のそばでケアもできたし、彩綾の新生児期にたっぷりとそばにいることもできた。多少の寝不足にはなったけれど。

そういえば、昨年末に彩綾が無事生まれたとき、彩葉はとても不思議そうにしていた。

『この子も信じられないくらい愛おしいのに、ちゃんとあなたのことも愛してる』

そう言って彩綾の頬をつつく彩葉こそ、たまらなく愛おしかった。

そうだろ？　と彼女を抱きしめたくて仕方なかった。

愛がひとつだなんて、誰が決めたんだ。愛なんか、ぽこぽこ増えていいに決まってる。

「彩葉、授乳が終わったらもう一度ゆっくり風呂に浸かってきたらどうだ？」

ソファで優しい目をして授乳している彩葉に声をかけると、彩葉は顔を上げ時計を見て言う。

「うーん。でも、そろそろ寝かしつけの時間だし」

「俺がやるよ。げっぷもさせておく」

彩葉が慌てたように首を横に振る。

「忠義さん、休日出勤で疲れたでしょう？」

「寝かしつけるだけの体力は残ってる」

自信満々にそう断言したのに――ハッとして目を覚ます。そうして身体を起こすと、くすくすと
いう耳に心地よい声がして眉を下げた。

「寝落ちしていた……」

横の乳児用布団では彩綾がスヤスヤと眠っている。

ベッドで寝かせるのはまだ不安なため、住んでいるマンションの和室が寝室となっていた。襖の隙間から、リビングの光が差し込んでいる。そこから彩葉が顔を覗かせ、笑っていたのだ。

「今何時だ？」

「二十三時。おつかれさま。もう少し寝る？」

「まだいい」

そっと襖を開けてリビングに行き、ソファに座る。ローテーブルにはノンカフェインのコーヒーが置かれていた。

「忠義さん、コーヒーは？　淹れようか」

「いや、大丈夫だ──それより」

俺の横に腰を下ろした彩葉を自分の膝の上に抱き上げた。そっとパジャマ越しにすっかり薄くなった腹を撫でると、くすぐったそうに彩葉が身体を捩る。

「ふふ、なに」

甘えた声につい頬が緩む。

白いうなじに唇を這わせ、浮き出た頸椎を甘く噛む。骨までかわいいのだから、俺の奥さんはヤバい。

「ん……」

蕩け出した彩葉の声に、自身に血液が集まっていくのが分かる。

彩葉が着ている授乳用のパジャマには、授乳するためのスリットが脇の下についている。そこからするりと手を滑り込ませて、以前よりわずかに膨らみを増している乳房の縁をなぞる。

「便利だよな、これ」

「んっ、こんなことするために、ぁっ、ついてるんじゃな……っ」

彩葉が微かに熱い息を吐き出し「だめ……」と切なげな声で言い、振り向いて俺を見上げる。

「おっぱい出ちゃう、でしょ……?」

「……」

飲みたい、と以前言ったら怒られたのを思い出し、胸から手を離し臍や腰骨を撫でた。なんとかこう、事故に見せかけて飲むことはできないだろうか。

「忠義さん……悪いこと考えてない?」

バレていた。

苦笑しながらパジャマから手を抜き、今度は太ももや膝を撫でる。その間に耳の裏に口づけ、耳殻を噛み、溝を舌で舐める。耳孔にわざと水音をまとわせて舌をねじこむと、彩葉が上ずった声で俺を呼ぶ。

「んっ、忠義さん……!」

糖度が高い声が、最高に愛おしい。

「彩葉、シたい?」

自分の喉から出ているとは思えない、甘ったるい声で囁（ささや）く。

「……その言い方、ずるい」

彩葉の耳朶（みみたぶ）が赤く染まっている。

俺はにやつきが抑えられず、おそらくかなり変な顔をしている。

そっと彼女をソファに横たえ、パジャマを脱がせた。少し彩葉が脱ぐのを躊躇（ためら）う。

「彩葉？」

「っ、あ、あの。いま授乳用のブラだから、なんか色気ないなって……あ、元からないんですけど」

「？　君は何を着ていようが、色気しかないぞ？」

「そ、そんなはず……！」

赤面する彩葉がひどくかわいらしい。床にパサリとパジャマを落とし、下着姿になった彩葉を見下ろす。

「ほら、ね……？」

前開きの授乳用ブラジャーは、確かに色気などないのかもしれない。ただそれを彩葉が着ている、そのことが重要で他は大したことじゃない。

「確かめてみるか？」

俺は部屋着にしている薄手の長袖Tシャツとスウェットをぽいぽいと脱ぎ、彩葉の眼前（がんぜん）に完全に勃（た）ち上がり、ボクサーパンツを押し上げている屹立を見せつける。

下着には先走りが染み出し、色を濃くしている。

「こんなに興奮させてるのに、よくそんなこと言えるよなあ……」

彩葉の膝裏を押し上げ、クロッチに先端を布越しに擦り付ける。ぬるぬるとした感覚に、濡れているのはお互い様だなと頬を緩めた。

「ん、んんっ……」

二枚の布越しに擦れ合わせる。もどかしい快楽が、彩葉の腰をもじもじと動かした。

「忠義さん……挿れて」

「まだ慣らしてないだろ？」

「必要、ないから……」

喘ぐように言う彩葉の唇をキスで塞ぎ、クロッチをずらして指で入り口を撫でる。ぬるぬると温い水で溢れかえったそこに、ゆっくりと中指を沈めた。

「あ……」

熱い肉が絡みついてくる。ぎゅうっと締め付け、指を咥え込んだソコにふっと笑みをこぼした。

「本当だな。慣らさなくてもいいくらいだ」

「ん……」

恥ずかしげに言う彩葉のナカを指でまさぐる。彩葉の浅く淫らな呼吸が余計に屹立を漲らせていく。

下着に抑えられていくのが苦しく、俺は下着をずらして屹立を外に出した。途端に彩葉のナカがぎゅっと締まり、俺は唇を上げる。

「なんだ……興奮したのか？」

「っ、違……」

「嘘つき」

指を増やし、バラバラに動かした。彩葉があえかな声を上げ、腰をくねらせる。

「イきそう？　彩葉」

返事はなく、ただ淫らな呼吸だけが返ってくる。蕩けそうな瞳が情欲に濡れていて、俺は低く笑った。

嗜虐心で頭がいっぱいになり、俺は彼女の右足を肩に乗せる。そのくるぶしに唇を押し当て、膝を掴んだ。

「なに……？」

戸惑う彩葉のナカを指でまさぐり続けつつ、足の間に顔を埋める。

「や、だめ」

足を閉じようと彩葉はもがくけれど、がっちりと膝を肩で押さえつけているので本当に無意味だ。

かわいすぎる抵抗に胸が掻きむしられる。

「かわいい彩葉」

肉芽に強く吸い付くと、彩葉のナカが信じられないくらいによく締まり、俺の指を締め付ける。

「はぁ、ぁ……っ」

彩葉が喉元を反らせ、肉襞を強く痙攣させる。イっているのは十分に理解しつつ、肉芽を唇で食み、舌先で弾く。

「も、だめ、だめ、だめ……っ！」

そう繰り返す声は、必死で小さく抑えられていた。彩綾を起こしたくない一心だろう。

余計に苛めたくなる。

さらに甘やかしたくなる。

指を食いちぎらんばかりに締め付ける肉厚な粘膜を擦り、恥骨の裏側をぐりぐりと指で押し上げると、彩葉は甘すぎる悲鳴を小さく上げた。

「ぁ、……ぁ、……――っ」

ヒクヒクと何度も収縮を繰り返すナカの肉。もっと触っていたいそこから指を抜き、ソファの横のラックからコンドームの箱を抜き取る。さすがにもう限界だ。

しどけなくソファで横になっている彩葉を見下ろしながら屹立にコンドームを被せる。

大きく足を開かせて、熱いぬかるみに自身を沈めていく――最奥に辿り着くその前に、ナカが蠢いてびくんびくんと収縮した。

「ん、イった？　彩葉……まだ半分しか挿れてないのに」

「っ、だって、ぇ……っ」

涙目の彼女がひどくかわいらしい。奥までぐっと進めると、微かな声で甲高く彼女は啼く。またイった、と頬を緩めた。

「あまり声を我慢すると、かえって喉痛くないか？」

「彩綾、起きちゃうもの……」

「そうだなあ」

起こしてしまうのもかわいそうだし、この状態でお預けをくらうのもキツすぎる。

「なら声、出ないようにしてシようか」

「え？」

俺は彼女に深くのしかかり、唇にキスを落とす。

自分の口の中に彼女の声が全部漏れるように——噛み付くように口内を貪り、舌を絡ませて優しく噛む。

唇は離さぬまま手のひらで小さな頭を抱え込み、もう片腕で肩を抱き寄せた。

自分の身体の下に、華奢な彩葉の身体がある。抵抗なんかできない有り様が、まさしく捕食しているようで、腰のあたりがゾクゾクと興奮した。

「んー、んんっ、ん……——っ」

彩葉が俺の口の中で喘ぐ。お互いの唾液が混ざり合う。

その声も、身体も、心も、全部俺のものだ。

愛おしさで心臓がはち切れそうになりつつ、がむしゃらに腰を動かした。

咥え込み、絡みつく肉襞。蕩け落ちそうに熱い。

くぐもった嬌声がいっそう高くなり、彩葉の腰がググっと上がる。俺を柔らかで熱い粘膜でキツく締め付けたかと思うと、くてんと身体から力が抜けた。うねる最奥へめがけて抽送を激しくすると、力が抜けた四肢が揺れる。
「んんっ、ん……っ！」
いちばん奥で、情欲を吐き出す。思わず漏れた低い声は、彩葉の口の中に消えた。
唇を離し、彩葉の顔を覗き込む。
お互いの呼吸が荒い。
ゆっくりと笑って見せると、彩葉もまた頬を緩める。
そっと彼女に手を伸ばす。
彩葉もまた、俺に向かって手を伸ばし頬を撫でて軽やかに笑う。
この人を守りたいと強く思う。最愛だと。
髪の毛をひとすくい持ち上げ、キスを落とす。
「愛させてくれてありがとう、彩葉」
そう伝えると、彩葉は目を丸くして――それからゆっくりと目を細めた。
彼女の頬には、俺が大好きな、いつものかわいい笑窪が浮かんでいる。

番外編

「ときどき思うんだよな、君を閉じ込めておけたらいいのにって」

忠義さんは恐ろしいことをサラッと口にして私を見下ろした。

代休で平日がお休みになった忠義さんが、ひとり娘の彩綾を幼稚園に送ってくれた。その足で私が午前中だけバイトをしているカフェに顔を出したことが、そもそもの発端だ。

結婚して五年もすれば、忠義さんがどうやら他のご家庭の旦那さんより少し、ちょっとだけ……いやかなり、やきもち焼きだということは理解していた。だからそういった誤解や嫉妬される言動は極力控えていた、控えていたのだけれど……

「忠義さんっ、あれは不可抗力というか、お客さんだから」

寝室のベッドに押し倒されたまま、私は言う。

「向こうはそう思ってないだろ？　あんなふうに馴れ馴れしく俺の彩葉に名刺なんか渡して」

たまに来る営業マンふうの男性が、私に名刺を渡した。それをナンパと見做したらしい忠義さんは私が帰宅するやいなや、私を抱え上げて寝室に放り込んでしまったのだった。

そうして私の頭の横に手をついてのしかかり、じいっと私を見下ろして「閉じ込めたい」だのなんだの、物騒なことを言い出したのだった。

「ことを荒立たせたら悪いと思って、その場では挨拶だけに留めたんだから褒めてくれよ」

「威圧感えぐかったですって、本当」

うちの嫁に何か？　と強面の、目だけ笑顔のデカい男性に話しかけられた営業マンさんは、もじゃもじゃと何か口にしながらあっという間に走り去っていった。

「……いやまあ、ありがとうございました。なんとなくしつこいなー、とは思ってたんです」

実は名刺をもらうの、二回目だったりして。笑顔で「店長にお渡ししておきますねー」とかわしたつもりだったのだけれど……

「ああいうの、よくあるのか」

「いえ！　ただ、まあ接客業の性というか、えっと、たまには」

忠義さんがめちゃくちゃ渋い顔をした。ソナタでは常連さんばっかり（主におじいちゃんの）だったから、忠義さんにヤキモチを妬かせることはなかったのだけれど。

「……でも君はバイト続けたいんだよな？」

「う、は、はい」

やっぱりカフェの仕事は好きなのだ。

幸いというか、忠義さんと結婚して以降、対人恐怖症みたいになっていた部分も、かなり落ち着いたし。

「……なら仕方ない」

忠義さんがそう言って目を細めた。

「仕方ない、とは？」

「俺のものだって印をたくさんつけておこう」

私はハッとして首を押さえる。

「だ、だめー！」

「なぜ」

「明日もバイトなのにっ、何あったかバックヤードでみんなに色々揶揄われちゃう」

「揶揄われてるのか」

「揶揄われてますよ！　もう！」

私はプンスカと頬を膨らませる。

「『昨夜もお熱かったみたいね〜？』とか言われて何かなと思ってたら、うなじに思い切りキスマークつけられてたり！」

「まあ虫除けだよな」

当然だろ？　って顔で忠義さんは言う。言いながら私の服を淡々とした表情で脱がせていく……

「あ、もう、こら！　幼稚園お迎え、二時なのにっ」

「一時間くらいは余裕あるだろ」

「そ、その後歩けないかもだからっ」

下着姿にされた私は、それでも往生際悪く足をばたつかせた。

「俺が行くよ」

いいだろう？　と私の太もものあたりを膝立ちで跨いで彼は強面を緩めて笑う。そうして着ていたTシャツを脱ぎ捨て、ふと何か思いついたような顔をした。

「な、なに？」

「彩葉……聞いてくれるか」

首を傾げつつ軽く頷く。

「知ってのとおり、俺はとても嫉妬深くて」

「はあ」

知ってます……私限定で本当に心が狭いの、忠義さんは。その代わり度量は大きい、とは本人談。

まあ実際、全部全然受け入れて愛されている自覚はある……

「だから、もう彩葉を俺でぐちゃぐちゃにしてしまわないと気が済まない」

「論理の飛躍」

思わず突っ込んだ。

「なにが！　どうして！　そうなるの！」

「なるだろ」

「……」

忠義さん的にはなるらしい。

諦めた顔をした私を見て、忠義さんは満足げに頷いたあと、立ち上がって寝室のクローゼットへ向かう。戻ってきた彼の手には、ネクタイが二本。

嫌な予感しかしない。

「忠義さんっ、それ何」

忠義さんは「んー?」と私を見下ろして笑う。そうしてまともな返答をしないままに、私の手首を頭の上で縛り、目元も覆い隠してしまう。視界が暗くなって、私は彼の名前を呼んで身を捩る。

「あ、あの……忠義さん? 何を」

「一回やってみたかったんだよな……」

「そんなうっとりした声で言わないで……ゃあっ」

私はびくっと身体を揺らす。いきなり膝を舐められたら、誰だってそんな反応になると思う。そのまま両膝を大きな手でがしりと掴んで、忠義さんは私の足の付け根に舌を這わせ、笑った。

「ものすごく濡れてる。縛られて興奮した?」

「んんっ……!」

一生懸命に首を横に振るけれど、べろりと少し肉厚な舌で思い切り舐められて、つい腰が浮く。くっ、と忠義さんが喉の奥で大人の男の人の笑い方をする。

「かわいい」

蕩けるような低い声でそう言って、彼は肉芽にチュッと吸い付く。

「ぁ、あ……――っ」

どこかを掴んで快楽を逃したいのに、縛られているからただ受け入れるしかできない。せめてと宙を蹴った足は、ぐっと力を込められて動けなくされてしまう。

「うー……」

「抵抗しない方がいい。されればされるほど余計に興奮するから」

「こっ興奮……っ⁉」

やっぱりうちの旦那さん変態なのかな⁉　だとかそんな益体のないことを思っているうちにも、どんどん身体は蕩けさせられていく。

「ぁ、はぁっ、んんっ、んっ」

肉芽を扱かれ、ナカに指を挿れられて擦られ、節高い男性らしい指で恥骨の裏側や、最奥をぐにぐにと弄られれば、もう無理だった。

「いやあ、……っ」

自分のナカの肉襞が、うねって痙攣して彼の指を食いしばる。目から溢れた涙が、ネクタイに染み込む。

彼がのしかかってくる気配がして、さっきまで淫らに私を苛んでいた唇が、一転して慈しむような優しさで頬に落ちてくる。

「挿れていいか？」

耳元でそう聞かれて、こくりと頷いた。視界がないからか、声がダイレクトに脳に響く感じさえする……

そうして彼の肉ばった先端が、私のナカにぬるっと沈む。

「あ、っ」

直接に触れ合う感覚に、気持ちよすぎてめまいがする――少し前に、ふたりめを作ろうという話になったのだ。

「彩葉。今ものすごくエロいの、分かってるか」

少し掠れた低い声が脳に直接注ぎ込まれているかのよう。それはひどく官能を刺激して……

自分のナカがうねり、彼の屹立に絡みつく。蕩けるように潤んでいるのが分かった。その肉襞を擦り、彼が動く。

「ぁああ……っ」

軽く抽送されただけであっけなくイった私の頬を彼の手のひらが包むようにして撫でる。痙攣するナカをゆっくり、ゆっくりと動き続けながら。

「まっ、て、止まっ……イってるっ」

「なあ彩葉、俺がそのお願いを聞いたこと、あったか？」

くくっと忠義さんが愉しげに笑う。結婚前からの彼との情事――一度だってそんなことはなかった。

「うー……っ」

イきながら唇を噛むと、忠義さんがキスを落としてくる。柔らかくて、温かい。とても意地悪なことをされている最中だとは思えない、優しいキスだった。

「愛してる、彩葉」

蕩けるような声で言われると、胸がぽかぽかして嬉しくて泣きそうになってしまう。半泣きでこくりと頷いた私をぎゅっと抱きしめて、頬擦りしながら彼は同じことを繰り返す。愛してるって、真摯にまっすぐに言葉にしてくれる。

「私も、大好き」

そう呟いた私の目隠しをさらりと取って、彼はじっと私を見ながら頬を緩める。そうして――両手を上げている私の脇をなんの迷いもなく舐めた。

「――ッ!!!　忠義さん！」

「くすぐったい？」

「いえそんな問題、じゃっ、脇、脇はだめっ」

「いや目の前に可愛い脇があったから」

「もーやだ！　こんな変態な旦那さん！」

半泣きで……いや割と本気で泣きかけている私に向かって、忠義さんは強面を緩めてくっくっと喉奥でとてもセクシーに笑った。

目を覚ますと、すぐそばに温かな体温がある。それは忠義さんのものじゃない。あったかくて、柔らかくて、愛おしい体温。

「彩綾」

すう、すう、と規則的に胸を上下させる娘――の横で寝ていてしまっていたらしい私は裸じゃないし、ましてネクタイで縛られてもいない。いつの間にやら清められて服を着せられ、なんならシーツまで代えられていた。どうやったのだろう……って、私が熟睡しすぎた！

「起きたか？」

寝室にひょいと顔を出した忠義さんは、私のエプロンをして澄まし顔をしている。軽く睨むけれど、ちっちゃいエプロンして格好つけている忠義さんに思わずぷっと笑ってしまう。

「なんだ？　夕食は彩綾の希望でオムライスだぞ」

「ふふっ、美味しそう。嬉しいです」

笑いながら、小さな彩綾の手を取る。

昔の私は、愛というものはひとりひとつしか持ってないと思ってた。けれど愛おしいものが増えて気がついた。

――忠義さんが、教えてくれたのだ。

愛なんか、ぽこぽこ増えていい。スライムみたいに増殖したっていいくらい。

誰かを愛することができるのは、最上級に幸せなことなのだから。

愛させてくれてありがとう。

私はこっそり、愛おしい家族にむけてそう呟いた。

あとがき

はじめまして、にしのと申します。

あとがきを書くのが苦手です。というか物語以外の文章を書くのが得意ではありません。読書感想文とか作文とかえげつなく苦手で、お前は文章の才能がないのうと言われて育ちましたが、不思議なことに文章を生業にするようになりました。人生とはわからないものです。

さて本作は私の「好きなもの」を色々と詰め込ませていただきました。コーヒーとか固いプリンとか餃子とか温泉とかフレーバーティーとか、もしよければそういったものをお供に再読していただけたら嬉しいです。

また、あしか望先生には素晴らしすぎるイラストを描いていただきました！　挿絵まで！　最高です。嬉しいです。

最後になりましたが、編集様出版社様はじめ、本作に関わっていただいた全ての方に感謝を申し上げます。なにより読んでくださった読者様方には何回お礼を言っても言い足りません。

本当にありがとうございました。

独占欲強めな警視正の溺愛包囲網
～契約婚ですが蕩けるほど甘やかされてます～

2023年5月10日 初版発行

著者　にしのムラサキ（にしの・むらさき）
イラスト　あしか望（あしか・のぞむ）

編集　J's パブリッシング／新紀元社編集部
デザイン　秋山美保
DTP　株式会社明昌堂

発行者　福本皇祐
発行所　株式会社新紀元社
〒101-0054　東京都千代田区神田錦町 1-7　錦町一丁目ビル 2F
TEL 03-3219-0921 ／ FAX 03-3219-0922
http://www.shinkigensha.co.jp/
郵便振替　00110-4-27618

印刷・製本　中央精版印刷株式会社

ISBN978-4-7753-2087-7